好きすぎるから
彼女以上の、
妹として
愛して
ください。
アタシ、真島のことレンタルする。
そうすれば好きになってもいいし、
可愛がってくれるんだよね――お兄ちゃん？
JN230297

SGO

ソーシャルゲーム　シスター＆グレートお兄ちゃん開発バイト

レンタルお兄ちゃん労働の心得！

あなたは『お兄ちゃん』として、病めるときも健やかなるときも、
富めるときも貧しきときも、妹を愛し、敬い、慈しむことを誓いますか？

♥「妹様」の幸せがお兄ちゃんにとっての幸せ！

♥「妹様」が甘えてくるなら、全力で甘えさせてあげるべし！

♥ときには強がりを言う「妹様」の気持ちを汲んで指導するのも、お兄ちゃんの務め！

♥妹の可愛さを発見した場合は、SGO スタッフに業務日報にて報告！理想の妹を作りあげろ！

労働条件

【労働内容】
レンタルお兄ちゃん（ゲーム開発のための妹キャラサンプル収集のため）
【勤務報酬】
時給は本人と相談。昇給あり。
【福利厚生】
SGO の SSR 妹を毎週１人支給！
【労働期間】
期限の定めなし。ただし、「お兄ちゃんの心得」を失わない限り。
【基本労働時間】
高校の放課後（17時ごろ）から３時間前後。※残業あり。
当面週７日勤務。
【備考】
シェアサービス、デリバリー、特殊な衣装によるサービスが発生する場合があります。
契約した妹との仲が深まりすぎたとしても、当社は関与・責任は一切負いません。

汝、妹を愛せよ――！

さあ、お兄ちゃんを始めよう――！

「ゲーム制作のバイトじゃなかったのかよ!?」

真島圭太　まじま・けいた

２次元妹キャラをこよなく愛する高校生。SGOの開発バイトに応募したら、「レンタルお兄ちゃん」として採用され、報酬の SSR カードに釣られて働くことに。

しかし、契約したがる妹はみんな学校の美少女たちで……

好きすぎるから彼女以上の、妹として愛してください。

滝沢 慧

ファンタジア文庫

2869

口絵・本文イラスト　平つくね

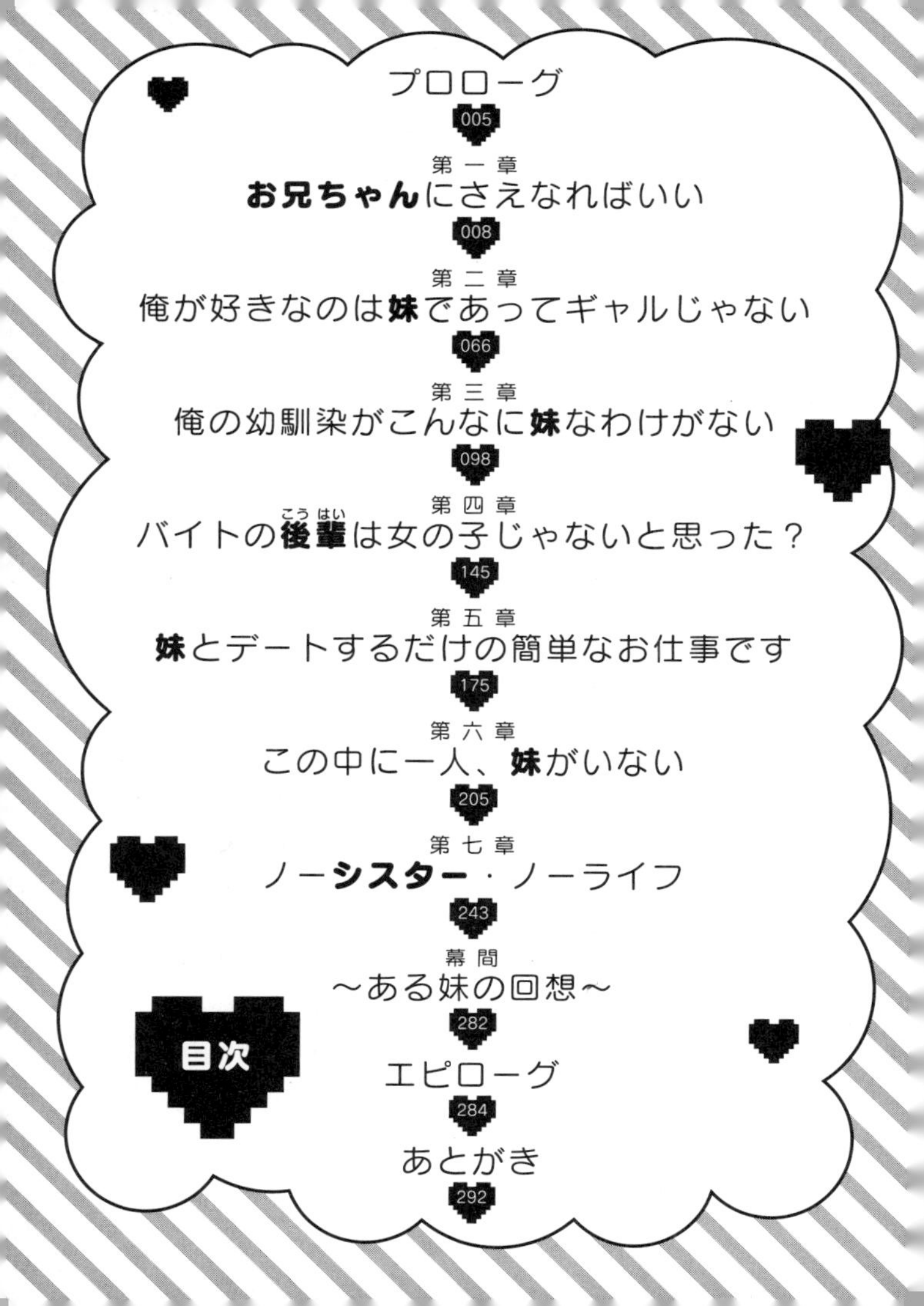

目次

プロローグ

「……ね、ねえ！　お兄ちゃん！」

　なんの変哲もない、どこにでもありそうなリビングルーム。ソファに座っていた圭太は、隣から声を掛けられて、そちらを向く。

「お兄ちゃん……。アタシ今日、お兄ちゃんと一緒に寝たいの……。ね、ねえ？　いいでしょ？　お願い……」

　そう言って、もじもじと恥ずかしそうに顔を俯かせる少女の名は、初葉。

　染めた髪に派手な服装。見た目はいかにもイマドキという感じだが、その口から飛び出すのは、ギャルっぽい外見とは裏腹の甘えたような声だ。

　ねだるように、初葉が圭太の服の袖をつまんで、軽く引っ張る。

　どこか頼りない——それこそ、幼い『妹』がするようなその仕草に、圭太は思わずドキリとし。

「――お待ちください、お兄様。私も、お兄様と同じベッドで、朝を迎えたく思います」

次の瞬間、たおやかな指がそっと伸びてきて、圭太の顔を挟み、くるりと向きを変えさせる。

向かされたほうにいたのは、初葉とはまるでタイプの違う、しかし、初葉に負けずとも劣らない二人目の美少女だった。

彼女の名は仁奈。長い黒髪と凛と涼やかな容姿をした、大和撫子のような少女である。

しかし、清楚さを感じさせるその顔は赤く火照り、圭太を見つめる瞳はどこかうっとりとしていた。まるでこちらを誘うような表情に、反射的に唾を飲み込む。

「ですから、どうかお願いです……私を選んでください。そうしてくださったら――この身は、お兄様の好きにしていただいて構いませんから……」

ほう、と熱い息を吐き出して、仁奈の手が圭太の背に伸びる。そのまま抱き付いてこようとする仁奈を、圭太は止めることもできずにただ受け入れ――。

「あ、は、早川さん、ズル！　それズルいし！　抱き付くとか反則じゃん！　だ、だったらアタシも……！」

「なっ!?　片瀬さんこそ何をしてるんですか！　い、いくら『妹』だからって、そんな風にむ、胸を押し付けて……！　不健全です！　離れてください！」

言うが早いか、圭太の背におぶさるようにして、初葉が抱き付いてきた。対抗するように、仁奈もまた、同じようにしがみ付いてくる。

「お兄ちゃん……！」

「お兄様……!!」

両サイドから圭太を挟んで、二人の『妹』が圭太の顔を覗き込む。傍から見れば仲のいい……ちょっと良すぎる気がしないでもない、三人兄妹。

しかし、圭太は一人っ子だ。妹はいない。両親が再婚し、突然血の繋がらない義妹ができたというわけでもない。

では、この状況は一体何か。

ことの発端は、高校に入学したばかりの五月。

連休が明けて間もない、とある日の出来事だった——。

第一章　お兄ちゃんにさえなればいい

『――お兄ちゃんなんて、大っ嫌い!!』

それは、圭太が今でも忘れられずにいる、苦い記憶。

子供の頃、圭太には、とても仲の良かった女の子がいた。

何がきっかけで出会ったのかは、もう覚えていない。学校が同じなわけでも、家が近所だったわけでもない、だけど毎日のように遊んでいた相手。

女の子は圭太のことを『お兄ちゃん』と呼んで、圭太にとても懐いてくれていた。

圭太も一人っ子だったから、その子のことは本当の妹のように思えて。『俺がこの子を守ってあげるんだ』なんて、子供心に思っていたりもして。

だから、どこに行くにも、何をするにも、二人はいつも一緒だった。それこそ、本当の兄妹のように。

だけど、別れの日は唐突に、そしてあっさりと訪れる。

ある日、父親の転勤が決まり、圭太は住んでいた街を離れることになった。引っ越し先は遠い場所。気軽に行き来ができるような距離じゃない。

事情を話すと、女の子は『行かないで』と泣きじゃくった。

泣いて、泣いて、今までに見たことがないくらいにわんわんと大泣きして。

それでも圭太が何も言えずにいると、とうとうその子は、涙で顔をぐしゃぐしゃにしながらこう叫んだ——大っ嫌い、と。

泣きながら走り去る『妹』を、圭太は、追いかけることができなかった——。

結局、彼女とはそれっきり。どこに住んでいるかも知らなかったから、手紙を出すこともできなかった。

今ではもう、彼女の顔も名前も、はっきりとは思い出せない。

覚えているのは、『お兄ちゃん』と呼んでくれる楽しそうな声と。最後に聞いた、涙交じりの叫びだけ。


だから、圭太は誓ったのだ。

もう二度と、『妹』を悲しませたりなんてしない。

自分は今度こそ――最高の、『お兄ちゃん』になるのだと。

◆◆◆

「来い……来い……来い……!!」

放課後の教室。机に載せたスマホに向かって、圭太は一心不乱に手を合わせていた。

画面に表示されているのは、とあるソーシャルゲームのガチャ演出。

圭太は緊張に荒くなる呼吸を必死に落ち着けながら、震える手でスマホを持ち、ガチャの結果をその目で確かめて――。

「ぐっ……!!」

崩れ落ちた。

「お疲れ……お前はよくやったよ……」

「くそ……俺達はいつまでこんな苦しみを味わわなきゃならないんだ……ガチャは悪しき文明……！」

ｏｒｚの姿勢で崩れ落ちる圭太の肩に、一緒にいた友人二人が手を添える。

彼らは同じクラスのオタ友達。たった今、圭太同様に爆死の苦しみを味わわされた同志である。

『シスター　ｗｉｔｈ　グレートお兄ちゃん』、通称を〝ＳＧＯ〟。それが、圭太達三人を現在進行形で地獄に叩き落としているソシャゲの名だった。

その名の通り『妹キャラ』をテーマにしたソシャゲで、プレイヤーはお兄ちゃんとなり、数多の妹キャラ達と交流を深めていくというのがその内容だ。

ただし、その魅力的な妹達とのエピソードやらなんやらを楽しむためには、例によってガチャという悪魔の儀式が必要不可欠なわけで……。

「くそ……!! すぐ目の前に俺との出会いを待っている妹がいるっていうのに、俺ともあろうお兄ちゃんが何もしてやれないなんて……!! 何故だ、一体俺に何が足りなかったって言うんだ!?」

「いや、足りなかったのはどう考えてもリアルマネーだろ」

「それな」

不甲斐なさに歯噛みする圭太に、友人二人が冷静に事実を告げる。

「……やっぱ俺バイト始めっかなー」

と、名残惜しげにガチャ画面を眺めていた友達が、ぽつりとそんなことを言った。

「こないだ、近所のコンビニに張り紙貼ってあってさ。時給九百五十円で四時間からって。それだったら、三日働けばもうそれで一万円だろ？」

「マジかよ。回し放題じゃねえか」

「いやー……でもコンビニのバイトって、めっちゃブラックだって聞くぜ？ どうせバイトするならもっとこう、自分に合ったとこがいいよな。特技を活かせるようなさ！」

　友人の言葉を聞きながら、圭太も「なるほど」と頷(うなず)く。

「ちなみに俺はお兄ちゃんであることにかけては誰(だれ)にも負けない自信があるんだが、どういうバイトが向いてると思う？」

「ねーよ。なんでそれをバイトに活かせると思った」

「つーかお前リアルの妹いねーだろ。ただの自称(じしょう)お兄ちゃんじゃねーか」

「なっ!?　リアルだろうと二次元だろうと妹は妹だろ!!　真実の愛は次元の壁(かべ)だって越えるんだよ!!」

　叫び、圭太がスマホを——正確には、そこに映る妹の姿を友人に突(つ)き付けた時。

　ガラリと教室のドアが開いて、圭太達しかいなかった教室に誰かが入ってきた。

　現れたのは、クラスメイトの女子、片瀬初葉だった。

　染めた髪(かみ)に着崩(きくず)した制服。そして、他のクラスの女子の平均を大きく上回る、大変ボリューミーな胸元(むなもと)。

　種族リア充(じゅう)、国籍(こくせき)はギャル。同じクラスで毎日顔を合わせていても、非リアでオタクな圭太にとっては、この世でもっとも縁遠(えんどお)い存在の一人だ。

「はっちー。先行ってるよー」

「うん、ごめんね。カバン取ったらすぐ行くからー」

廊下にいるギャル友達に手を振りつつ、自分の席へと向かう初葉。

が、その途中で、初葉は圭太達の存在に気付いた。

「あ」と声を漏らし、ギャルは無邪気な笑顔でとことことこちらへやってくる。

「トッシー、オッキー、やっほー」

「おー、片瀬もおっす」

「いま帰り？」

「うん。部活の友達待っててさー」

気さくに声を掛けてくる初葉に、これまた気軽に応じる友人達。

根っから明るく、人懐っこい彼女は、圭太達のような地味メンにも当然のように話しかけてくるのだ。最初の頃はドギマギしていた友人達も、今ではすっかり慣れて、まるでリア充みたいな会話を彼女と交わしていたりする。

──が。圭太だけは、このクラスメイトのことがどうにも苦手である。

というのも。

「あ」

圭太と目が合った途端、初葉は「にんまー」といやらしい笑みを浮かべた。

「やっほー、真島。まだ帰んないの？」

「あー……えっと、まあ。俺、大体こいつらと一緒だから」

「そっかー。仲いいもんねー」

ニマニマと笑いながら、初葉は何故かこっちへ近付いてきた。

そして、ひょい、と、圭太が持っていたスマホを覗き込んでくる。

ピタリと、わざとらしく体を——それも、胸元の部分を押し付けつつ。

「ちょ……!?」

「んー？　どったの真島？　なーんか顔赤いけどー？」

すっとぼけた顔で、初葉が圭太の顔を覗き込んでくる。

「や、ど、どうって……！」

『当たってんだよ！』とは言えず、圭太は口ごもる。

が、初葉は圭太の動揺を見逃さない。

「ふーん？　気になるんだ？　アタシのー、おっぱい」

「だだだだ、誰がっ⁉」

「……いーよ？　真島にだったら、見せたげても」

「はっ⁉」

他の二人には聞こえないよう、耳元に顔を近付けて、初葉が囁く。

意図的にか無意識か、ちょうど制服の胸元から谷間的なものが覗く姿勢。思わず、視線がそちらに吸い寄せられて――。

「――なーんちゃって！　あっは、真島ってば顔真っ赤じゃん。かわいー」

きゃっきゃと笑いながら、初葉が圭太の顔を指差してくる。からかわれたのだ、完璧に。

「あ、アタシもう行かなきゃなんだった。じゃーねー、また明日」

人のことを弄るだけ弄って、初葉は元気に教室を出て行った。

これが、圭太が彼女を苦手に思う理由。他のクラスメイトには普通に気さくなだけなのに、初葉は何故か圭太のことだけ、やたらと弄ってくるのだ。

しかも、そのやり方というのが、今のようにわざとらしく体を密着させたり、顔を近付けてきたり……その手の、対応に困るものばかりで。

そのくせ、圭太がちょっとでもドキッとしようものなら、梯子を外すかのように「ジョ

ーダンでしたー！」とか言ってくるのだから、たちが悪いなんてものじゃない。

「……片瀬ってさー。真島のこと好きなんじゃね？」

「そう見えるんだったら代わってくれよ……」

可愛い女子と至近距離で密着。傍から見たら羨ましいのかもしれないけれど、圭太からしたらただただ厄介なだけである。本当に勘弁してほしい。

げんなりした気持ちを誤魔化すように、圭太はスマホの画面に目を落とし。

「あれ？　なんだこれ……『アルバイト募集のお知らせ』……？」

ガチャに気を取られていて気付かなかったが、いつの間にか、画面の隅のお知らせにそんな項目が追加されている。

「は？　なんだよ急に」

「いや、ほらこれ」

「バイト募集？　ＳＧＯの？」

クリックして詳細を見てみると、内容はタイトルの通り、ゲーム製作のアルバイトスタッフを募集するというもの。

わせる。

驚きなのは、募集要項に「高校生可、未経験者歓迎」とあったこと。圭太達は顔を見合
「マジかよ。これ、応募してもし採用されたら、本社に行けたりすんのかな？　公式の絵師さんとか、声優さんにも会えちゃったり？　やばくね？」

「ばっか。高校生可なんて書いてんだから、どうせ雑用するくらいだって」

「けど、『製作スタッフ募集』ってなってるぜ？」

「だったらますます、俺らみたいな学生なんか採用されるわけないっての。なあ、真島？」

「まー、そうだろうな」

「え？　じゃあお前ら応募しねえの？」

「しないって。どうせバイトすんならもっと受かりそうなとこ選ぶよ」

「そんなことより今はガチャなんだよ！　限定ピックアップ……これを逃したら次の出会いはいつになるかわからねえ……！　やってやる……俺は追い課金をするぞ!!」

高校一年生、もうじき四月も終わろうかという頃。

妹好きのオタク男子、真島圭太の日常は、大体そんな感じだった。

――夜。風呂を済ませた圭太は、自室に戻ると、いつものようにスマホを手にとって、SGOを起動した。

『――お帰りなさい、お兄ちゃん！　今日も一日、お疲れ様！』

トップ画面からマイルームへ移動して、待っていてくれた愛しの妹に声を掛ける。画面越しに妹の頭を撫でると、彼女はくすぐったそうに微笑んでくれた。

（可愛い――）

愛する妹達と触れ合う、癒やしのひととき。

が、今ばかりはそうしていても、折に触れて爆死の傷が疼いた。

（うっ……！　すまない、俺が石油王じゃなかったばっかりに……!!　不甲斐ないお兄ちゃんを許してくれ妹達!!）

到底、諦めきれるものではない。しかし、ない袖はどう足掻いても振れないわけで。

（……バイトかぁ）

自然と蘇(よみがえ)ってくるのは、教室で友人達と話したこと。

今までは小遣(こづか)いとお年玉でやりくりする他なかったが、高校生になった今なら、アルバイトを始めることだって可能なのだ。圭太だって、今までに考えなかったわけじゃない。

職場でぼっちだったらどうしようとか、不安なことはいろいろとあるが、愛する妹達のためならば……と、妹の笑顔を見ながらそんなことを考えていた時だ。

つい指が滑(すべ)り、画面端(はし)の『お知らせ』を意図せずタップしてしまう。

ピコン、と表示されたのは、教室でも見た、例のアルバイト募集の告知。

（いや……けど、採用なんかされないって）

しかし、ここには未経験歓迎とも書いてある。もしも採用されたら、公式の絵師さんとかライターさんとか、あるいは声優さんに会えちゃったりなんてことも……。

（いやいやいや。ないない。ないって。現実見ろ俺）

……………けどまあ。採用されはしないとしても、応募するだけならタダだし。別に本当に期待しているわけではないけど、何事も経験というし。

画面をスクロールさせ、『応募フォームはこちら』と書かれた箇所(かしょ)をクリック。早速(さっそく)、圭太は表示されたフォームに必要事項を記入していく。

氏名や住所、連絡先といったよくある項目を埋めていき、最後に残ったのはこんな質問。

『最後に、あなたの妹愛を自由に語ってください！！！！』

「……なんじゃそりゃ」

とてもバイトの応募要項に載せるとは思えない質問に、首を捻る。まあ、ＳＧＯは『妹ゲー』なわけだし、いわゆる自己ＰＲとか、面接代わりのようなものだろうか？

回答は必須ではなかった。いつの間にか時間も遅くなっていたし、このまま空欄で送ってしまっても良かったが――。

「フッ……他の質問ならいざ知らず、妹愛を問われちゃあ、お兄ちゃんたるもの答えないわけにはいかないな!!」

腕を組み、一人っきりの部屋で意味もなくドヤ顔。

妹。自分よりも幼い、異性の家族。自分をお兄ちゃんと呼び、頼り、無心に慕ってくれる存在。

この世に兄として生を受け、そんな相手を愛さずにいられる人間が果たして存在するだろうか？　いやいるわけがない。これ大宇宙の真理。

まさしく水を得た魚のごとく、圭太は溢れ迸る妹愛を思うさまフリースペースに叩き付けた。文字数に制限がなければ、それこそ夜が明けるまででも延々書いていただろう。

（うーん……まだ書き足りないのが正直なところだけど、字数制限もあるしな。仕方ない、妹に免じて今日はこの辺にしといてやろう……）

最後に誤字などがないか軽く見直して、送信ボタンをポチリ。

――とはいえ。まさか本当に自分が採用されるなんて、圭太は夢にも思っていなかった。

数日後。スマホに、運営からのメールが送られてくるまでは。

「おお……」

まっさらなトークスペースに、ありったけの妹愛を綴って送ったあの日から半月。

学校を終えた圭太はその日、都内にあるSGO社の本社ビルを訪れていた。

『真島圭太様

日頃から当社のゲーム、『シスター　with　グレートお兄ちゃん』をご愛顧いただき、誠にありがとうございます――』

そんな書き出しで始まるメールが届いたのは、数日前のこと。それは紛れもなく、SGO社から送られてきた、アルバイトの採用通知だった。

（うわぁ、き、緊張する……これ本当に入っちゃっていいのか俺!?）

明らかに挙動不審になりながら、圭太は自動ドアを潜っていよいよ建物の中へ。受付のお姉さんに声を掛けられてビクッとなりつつ、「え、えっと、アルバイトの者で……」と届いたメールを見せる。

お姉さんは朗らかに笑って、どこかへ電話。やがて奥のエレベーターのほうから、社員証を首にかけた男の人が歩いてくる。

「やあ、お待たせしてしまってごめんね。君が真島圭太くん……でいいのかな？」

「は、はい！　本日は、よろしくお願い致します！」

「ああ、そんなに緊張しなくてもいいよ。こっちこそ、来てくれてありがとう」

穏やかそうな男の人は、見た目通りの柔らかな口調で圭太に笑いかけた。

（この人が……ＳＧＯを製作してるスタッフの人……!!）

大好きなゲームと、最愛の妹達。それを生み出した人が今目の前にいるのかと思うと、興奮を隠しきれない——。

「……でもごめん。申し訳ないんだけど、君に来てほしかったのはこっちの『本社』にじゃなかったんだ」

「——え？」

「いやぁ、ごめんね。どうも連絡に齟齬があったみたいで、ちゃんと伝わってなくて」

男の人は重ねて詫びた。そして、ぽかんとしている圭太に、一枚の名刺を差し出す。

「はいこれ。これがこの件の担当者の名刺だよ。近くの『支社』で君のことを待ってるはずだから、手間をかけて悪いけど、そっちのほうに行ってもらえるかな？　住所と地図は裏に書いてあるから」

「はあ……」

よくわからないまま、とりあえず名刺を受け取る。そこには『開発研究部門主任　野中玲』と書かれていた。

「じゃあごめんね、そういうことだから！」

「え？　あ、ちょっと⁉」

言うが早いか、男の人は片手を上げてすたすたとエレベーターに乗り込んでしまった。

（……いやいや、気にするな俺。ちょっと建物間違えたくらいでなんだ、俺はお兄ちゃんだ、妹のためならちょっと無駄に歩かされるくらいどうってことないない）

やや出鼻を挫かれたが、しかし圭太の妹愛はこんなことでは微塵もへこたれたりしない。

もらった名刺の地図を見るに、問題の『支社』というのはここからそう遠くなさそうだ。

気を取り直して、圭太は再び、意気揚々と歩き出す。

――が。

（えっと……ここ、か？）

地図と睨めっこしながら、ようやく辿り着いた目的の場所。

しかし、実際に目の当たりにしたその『支社』は、圭太の想像とは随分と違っていた。

人通りの少ない路地。建物と建物の隙間に押し込むように建つ、ボロッちい雑居ビル。

名刺の地図が正しければ、そこが圭太の目指していた、『開発研究部門』のある建物らしい。

が、同じ会社の『支社』というには、あまりにもさっきのオシャンなビルと雰囲気が違いすぎていた。正直、『本当にここなの？』という疑念が拭いきれず、圭太は建物の前で立ち尽くす。

（ま、まあ、あっちは新しく建てたビルなのかもしれないし、元々はこっちで作ってたとか、そういうことかな……？）

にわかに膨れ上がった不安を抱えて、圭太はビルの中へと足を踏み入れた。

そして。

（……ここ……だよな？）

狭く薄暗い階段を上がって、到着した目的の階。『ＳＧＯ社　開発研究部門』とプレートのかかったドアを前に、圭太はしばし、立ち尽くす。

ドアにはガラス窓がついているが、磨りガラスなので当然中の様子は見えない。ついでに言えば、そもそも人がいるような気配もさっぱりしない。

（…………い、いや！　ここで引き返してどうするんだ！　大丈夫、住所は合ってるんだから……！　しっかりしろ俺！　お前の妹愛はその程度か!!）

「し、失礼しまーす……」

なけなしの勇気を振り絞って、恐る恐る、ドアを開ける。

が、いざ中を覗き込んでみて、圭太はますます困惑した。

『開発部門』というから、てっきりオフィスのような内装を想像していたのだが……予想に反して、ドアの向こうに広がっていたのは、こじゃれたテーブルセットの並んだ、喫茶店のような空間。

そして、いくつも並んだイスの一つに、スーツ姿の女性が腰を沈めている。

切れ長の瞳に落ち着いた表情。すらりとしたモデル体形に、ぴしっと着こなしたスーツがびっくりするほどハマっていた。

「え、えっと……？」

圭太が目をぱちくりさせていると、謎の女性はこちらを見つめて「ふっ」と笑う。

「──やあ。初めまして、真島圭太くん。今日は来てくれてありがとう。こうして会えたことをとても嬉しく思う。私はこの開発研究部門の主任、野中玲だ」

思わずドキッとしてしまうような、大人びた微笑。圭太は動揺を隠しきれず、顔を赤くしてしまう。

「あ、い、いえ……！　こちらこそ、よろしくお願いします！」

「ふふ、そう緊張しないでくれ。せっかく来てくれたというのに、ろくなもてなしもできずにすまない。うちはまだできたばかりの部署なんだ。見ての通り、部屋の準備もろくに進んでいなくてね」

「は、はあ……」

とてもオフィスには見えない部屋の中を見回し、曖昧に頷く。正直疑問しかないが……かといって、初対面の相手、しかも大人の女性に、そんなこと尋ねる度胸もない。

「まあ座ってくれ」という玲に勧められ、圭太は恐縮しつつ腰を下ろした。

「え、えっと……こ、このたびは、採用していただいてありがとうございました！」

「何を言う、お礼を言うのはこちらのほうさ。私達は君のような人材を探していたんだ。この世の何より『妹』が好き……『妹』のためならどんなことだってできる……。そんな頭のおかし――ゴホン！　熱意ある『お兄ちゃん』の存在を！」

……いま『頭おかしい』って言いかけなかったかこの人？

「君が送ってくれた応募シートを読んだとき、私は感銘を受けたんだ。こんなにも真摯に、誠実に、妹を愛しているユーザーがいてくれたのかと……私も『妹』への愛では誰（だれ）にも負けない自信があったが、思い上がりだったと気付かされたよ」

「あ、ありがとうございます。いや、でも……俺なんて、そんな大したことは……」

「謙遜（けんそん）することはない。主任である私が自信を持って断言しよう。この世に、君ほどSGOを、そして妹たちを愛してくれている『お兄ちゃん』は、他にいないと」

「あ、ありがとうございます！　俺、本当にSGO、めちゃくちゃ好きなんで！　働かせてもらえるなんて嬉しいです！　頑張（がんば）りますから、なんでも言ってください！」

「ありがとう。君ならきっとそう言ってくれると思っていた。では早速（さっそく）だが、君に任せたいことがあるんだ」

「はい！　なんですか！」

こみ上げてくる情熱のまま、身を乗り出す。

何を指示されるのかはわからなかったが、不安はなかった。たとえどんな無茶な要求をされようと、きっとやり遂（と）げてみせる——そんな揺（ゆ）るぎない自信が、体の奥底から湧（わ）いてくるのを感じる。

やる気に目を輝（かがや）かせながら、圭太はじっと玲の言葉を待ち——。

「それでは真島くん！　我らがＳＧＯのさらなる発展のため、君には今日から、『お兄ちゃん』になってもらう!!」

「はい、わかりました!!　俺、お兄ちゃんになりま――――……え？」

勢いのまま頷こうとして、ぱちくり、と瞬き。

「……………『お兄ちゃん』？」

「ああ。『お兄ちゃん』だ」

問い返す圭太に、真顔で頷いてみせる玲。

そのまま、彼女はタブレットを取り出して、圭太に画面を見せてくる。

そこに表示されていたのは、何かのウェブサイトだった。ヘッダーの部分には、無駄にポップなフォントで、『レンタルお兄ちゃん』と書かれている。

「ええと……あの、これは？」

いくらウェブサイトを眺めてみても、玲が何を言いたいのかさっぱりわからない。

わからないのだが……何故か、嫌な予感だけは急速に膨らんでいって、圭太は頬をひくつかせた。

「いいか、真島くん。君も知っての通り、ＳＧＯには既に数十人を超える数の『妹』が実装されているが……このキャラクターを生み出す工程というのが、実は中々難しいんだ。他の妹と被るようなことがあってはならないのはもちろん、他作品とも差別化を図らなくてはならないからな」

「それは……まあ、そうですよね」

「だろう。だがアイデアなんてものは早々簡単に湧いてきてくれるものでもない。……そこで私は考えた！　SGOの看板となる〝メイン妹〟を生み出すため、様々な妹のサンプルを収集し、モデルとなる『理想の妹』を見つけ出そうと！　そのために始めるのが、この『レンタルお兄ちゃんサービス』だ！」

「レ、レンタルお兄ちゃん……？」

「ほら、レンタル彼女とか彼氏とかいうサービスがあるだろう？　それのお兄ちゃん版だと思ってくれればいい」

　確かに、レンタル彼女というやつなら知っている。一時間いくらとか決められたお金を払って、指定した女の子とデートしたりするアレだ。

「というわけで真島くん！　アルバイトである君には、記念すべき『第一お兄ちゃん』となってもらいたい！」

「えええええええ⁉」

『喜んでくれ！』みたいないい笑顔で告げられ、思わず叫ぶ。

「な、なんですかそれ⁉　話が違うじゃないですか！　ゲーム製作のアルバイトじゃ……！」

「いやいや、これも立派なゲーム製作の一環だとも。言うなればロケハンのようなものだな。良いものを作るためには下調べが肝要だ。ロケハン超大事」

「いや絶対嘘でしょ‼」

相手が年上だということも忘れ、普通にツッコミを入れてしまう。

「そう構えることはない。ただお店にやってくる『妹』に対して、『お兄ちゃん』になりきって接すればいいだけのことだ。簡単だろう？」

「簡単なわけないでしょ⁉　無理ですよ！」

そりゃあ、どんな難しい課題でもやってみせようとは思っていた。思っていたけれど、これはさすがに、話が違う。難しいとかじゃなく、怪しすぎて普通に怖い。

「ふむ……どうしても無理だろうか。君ならきっと適任だ」

「無理ですお断りします！」

「バイト代はもちろん出すし、それにプラスしてＳＧＯのＳＳＲ引換券を支給しようと思うんだが」

「な――」

「そうだな、週給一枚、ということでどうだろうか？　自引きするのに平均でいくら掛かるかを考えれば、決して悪い話ではないと思うが」

なん……だと……。

（……………い、いやいや！　何釣られそうになってるんだ俺⁉　いくらＳＳＲがもらえるからって、あり得ないだろこんな怪しげなバイト！　…………………いやでも、週一ってことは、一ヶ月頑張ればＳＳＲ妹が四人確定で手に入るわけで……自引きに一人当たり平均五万かかるとして、月給二十万……にじゅうまん……）

いけない、と思っても、「二十万」というパワーワードが、ぐるぐると頭の中を回って離れない。

「……………で、でも、俺、接客の経験とかないですし！　話すのもあまり上手いほうじゃないし、向いてないかと……」

「言っただろう、スキルは後からでも身につくさ。『お兄ちゃん』に必要なのは、何よりも、『妹』への愛情だ」

SSR

「それは……でも俺が好きなのはあくまで二次元の『妹キャラ』であって、三次元はまた話が別というか……」

「なら、君のご両親が何かの事情で急遽養子を取ることになり、君にある日突然『妹』ができたとして、君はその『妹』を愛する自信がないと？」

「そんなわけないじゃないですか全力で大事にするに決まってますよ‼　血が繋がっていようといまいと、妹は妹ですし‼」

「なんだできるんじゃないか。うんうん、それでこそ私が見込んだお兄ちゃんだ。それじゃあ早速シフトの相談をしよう。そうだな……今はまだバイトが君一人しかいないから、とりあえず週七で入ってくれないか？」

「ブラックバイトじゃねーか‼」

真島圭太、高校一年生。好きなもの、妹。

突然ですが、放課後お兄ちゃん、始めました。

「…………はぁ」

『レンタルお兄ちゃん』とかいう、衝撃のバイトに勧誘されてしまった次の日。

昼休みの時間。圭太は自分の席でスマホを弄りながら、しきりに頭を悩ませていた。

結局、昨日は最後まで断り切ることができないまま、玲は『悪いがこの後打ち合わせの予定がある』とどこかへ行ってしまった。去り際、『それでは明日もここで会おう』という言葉を残して。

（ええ……これ、今日も行かなきゃいけないやつなのか？　『レンタルお兄ちゃん』とかマジかよ……）

もういっそ、ばっくれてしまおうかとも思う。だって、普通のバイトならともかく、『レンタルお兄ちゃん』だ。どう考えたってまともじゃない。

（いやでも、ＳＧＯ公式の人だっていうのは間違いなさそうだし……時給かなり良かったし……SSRもらえるっていうし……いやでも、『レンタルお兄ちゃん』……）

いつしかスマホを触る手も止まり、圭太は文字通り頭を抱える。

——と。

「……真島？」

急に声を掛けられて、びくっと、思いっきり肩が跳ねる。

だが、声を掛けてきた相手の顔を見てもっと驚いた。

「へ……？　片瀬？」

いつの間にか、机のすぐ横に、初葉が立っている。

「えっと……な、なんか用か？」

「えっ、や、べ、別にね？　用ってわけじゃないんだけど。たださ、次、移動教室なのに、いーのかなって思って。みんな、もう行っちゃったよ？」

「は!?　うわ、マジだ！　誰もいねえ！」

周囲を見回すと、教室の中にはもう自分と初葉しか残っていなかった。

そういえばさっき、「先行くぞー」とかなんとか、誰かに声を掛けられたような掛けられなかったような……どうやら、考え事に没頭しすぎて、人の声とか耳に入っていなかったらしい。

「……悪い、片瀬。助かった」

「えっ。う、ううん！　いいの、いいの！　別にさ、そんな大したことじゃないし？　クラスメイトならトーゼンっていうかさ！　うん、そう！」

バタバタ！　と、不必要な勢いで、初葉が両手を振り回す。

なんとなく、違和感を覚える。いつも圭太の前では鬱陶しいくらい余裕たっぷりの初葉が、今日は妙に、落ち着きがないような……？

「……あのさ？　アタシ、真島に聞きたいことあって」

「な、なんだよ」

「真島さ。昨日、妹浜駅に来てなかった？」

「妹浜駅？」

そこは、圭太が昨日、ＳＧＯの本社を訪ねに向かった駅だ。

けれど、どうしてそのことを初葉が――と、疑問に思ったところで。

「アタシさ。そこが最寄り駅なんだけど。昨日、街で真島のこと見かけて」

ん？

「クラスメイトだしさ。無視するのも、あれだし？　声、掛けてみようと思ったんだけど。真島、すぐ、建物の中入ってってっちゃって」

んん？

「べ、別に、ストーカーみたいなことするつもりじゃなかったんだけど。ただ、入ってったビルが、なんか変な感じだったから……何してんのかな、ってちょっと気になって。中覗いてみたら、なんか、声聞こえて」

んんんんんん？

嫌な予感が、冷や汗と共にだらだらと背を伝う。

何も言えない圭太をじっと見つめて、初葉がとうとう、決定的な一言を告げる。

「あのさ。真島……『レンタルお兄ちゃん』って、何？」

（やっっっっっっっっっべええええええええ！！！）

「は、ははははは、なん、な、なんのことだ、ひと、人違いじゃないかかかか……」

『ハハハ、なんのことだ。人違いじゃないか？』と言おうとしたのだが、動揺のあまりに体が震え、壊れたボイスレコーダーみたいな有様になる。

「な、なんでそんな動揺してんの……？　やっぱり、なんか怪しいお店とか⁉」

「いや違うって‼　バイト‼　ただのバイトだよ‼」

言ってしまってから語るに落ちたことに気付いたが、妙な誤解をされるよりはマシだ。

「バイト……？　え、何それ？　お兄ちゃんレンタルするバイトってこと？　……え？おかしくない？」

「な、何言ってるんだよ⁉　全然、普通だぞ⁉　片瀬は知らないかもしれないけど、世の中にはメイドカフェとか、執事喫茶とか、そういうのいろいろあるんだって！　お兄ちゃんカフェぐらいどこにでもあるさ多分！」

　もちろんそんなわけないと思うが、ごり押しした。

「メイド喫茶って、メイドさんに『ご主人様ー』とかって言ってもらえるやつだよね？

……じゃあ、その『レンタルお兄ちゃん』？　っていうの？　お店行ったら、真島がお兄ちゃんになってくれるってこと？」

「いやその、俺は裏方みたいなものだから……」

「あ、じゃあ、お店に出たりはしないんだ」

「まあ、そんな感じだな……」

　あの初葉にバイトで『お兄ちゃん』やってるなんて知られたら、一体どんな辱めを受けるかわからない。圭太は必死に誤魔化す。

　すると、初葉が小さな声で。

「なんだ……残念……。でも、お店遊びに行ったら話題も増えるし……」

「は!?　ちょ、ちょっと待て!?　いま『遊びに行く』とか言ったか!?」

　それは困る。非常に困る。『レンタルお兄ちゃん』なんてやってるところをクラスメイトに――それも初葉に見られるとか、一体どんな羞恥プレイだ。

「や、やめろよ!?　絶対来るなよ!?　いや、別に来られてまずい理由があるわけじゃないけど……そ、そう、うちの店は会員制だから！　一見さんお断りだから！」

「え!?　ち、違う違う！　ちょっと面白そうだから覗いてみよっかなーって、そんだけ！

別に真島の働いてるとこ見に行きたいなーとか、そんなんじゃないから！」

「それこそ絶対来んなよ!!　俺は動物園のパンダか!!」

やはり、からかいに来るつもりでいたらしい。そこまでして圭太のことを弄りたいって、
初葉は意外と暇人なのだろうか。友達とか普通に多そうなのに。

「にしてもさー。真島って、ホントに妹好きだよね」

「なんだよ。悪いかよ」

「そ、そういうわけじゃないけど。た、ただbusさ？　ゲームもいいけど、もちょっと周り見
てみたらっていうか……ま、真島と、仲良くなりたいって思ってる女の子も、クラスに、
いるかもしんないよって……」

ツンツン、と指先を突っつき合わせながら、初葉がちょっと頰を染める。

（え）

意味深な言葉と表情に一瞬ドキッとし――即座に我に返る。

（いやいや!!　何回同じ手に引っかかってんだ俺!!　どうせいつものあれだろ!!）

そう、これは初葉お得意の冗談。圭太が動揺したところで、「あ、今の本気にした？

だっさー！　これだから童貞はー」とか言ってくるに違いないのだ。その手には乗らない。

「ふん!!　クラスの女子にどう思われてようと知ったこっちゃないね!!　何故なら俺はお兄ちゃんだから!!　妹さえいればそれでいいんだよ!!」

「え!?　……で、でもさ？　ほらさ？　やっぱり、アタシ達も高校生だし？　真島も妹だけじゃなくて、か……彼女とか、ほしくない？」

「…………いいやほしくないね!!　彼女なんかより妹のほうが大事だし!!　なんせ俺はお兄ちゃんだから!!」

「ええええええ!?」

　何故か、初葉がこの世の終わりみたいな声を出した。

「え!?　嘘!?　じゃあ、クラスの女の子から告白されても、付き合ったりとかしないの!?フっちゃうの!?」

「………………ああその通りだとも!!　だって俺お兄ちゃんだし!!　お兄ちゃんは妹以外になびいたりとかしないし!!」

「えー！　えー!?　ま、待って待って、待ってよ。考え直そうよ。もっと楽しいこといっぱいあるよきっと！」

「……いや、そもそもなんで片瀬にこんなこと聞かれなきゃいけないんだよ。別に俺に彼女がいなくたって、片瀬には何も関係ないだろ」

「関係あるし!!　大ありだし!!　だってアタシ、真島のこと……!」

「――――――え」

思わず、圭太は初葉の顔を凝視。初葉も初葉で、いつしか赤く染まった顔で、じっと圭太を見つめ返して――。

「――って、うっそでーす!!　今ドキッとしたでしょ？　告られると思ったっしょ？　あはは、真島ってば素直なんだからもー!」

次の瞬間、初葉は『んじゃアタシもう行くねー!』と会話をぶった切り、風のように教室を飛び出していった。

一人教室に残され、圭太は再度心に誓う。『妹さえ、いればいい』と。

……結局、その日起こったことはそれだけ。

その後は初葉から声を掛けられることはなく、圭太はいつもと変わらない午後の授業を終えて、再び放課後を迎えるのであった。

「…………はぁ」

「なんだ、そんな暗い顔をして。せっかくの開店初日だというのに」

「いや開店初日だからですって……」

◆◆◆

　まさかの第一お兄ちゃん襲名から、早一夜。

（勢いで引き受けるとか言っちゃったけど……本当に大丈夫かな俺……）

　実のところ、本当にここへ来ようかどうか、ギリギリまでずっと迷っていた。

　だって正直、怪しげがすぎるし。見ず知らずのお客さんの『お兄ちゃん』になるとか、そんなホストみたいな真似できる気がしなかったし。

　が、結局、ＳＳＲの誘惑には抗えず。かくして圭太は昨日の雑居ビルへと舞い戻り、記念すべきアルバイト初日を迎えようとしているところだった。

「そう心配そうな顔をするな。何もいきなり完璧な接客をしろというんじゃない。研修期間はちゃんと設けてある」

言うが早いか、玲は圭太の胸に、『お兄ちゃん研修中』と書かれたバッジをつける。

（そういう問題じゃないだろ……）

新品ぴかぴかのバッジを見下ろし、またもため息が出る圭太だった。

「……っていうか。今さらですけど、開店っていったって、お客さん来るんですか」

古ぼけた雑居ビルの一室というだけで入りづらさしかないのに、その上『レンタルお兄ちゃん』である。不審なんてレベルではない。まともにお客がやってくるとはとても思えない――と圭太が思った矢先だ。

ピンポーン、と、インターホンの音が広い室内に響く。

「さあ、記念すべきお客様……いや、妹様第一号のご来店だ。準備はいいか、お兄ちゃん」

「――は？」

今、玲はなんと言ったろうか？　お客様？　第一号？

「いやいや!? ちょっと!? ちょっと待って!? 急すぎないですかね!?」

「何大丈夫だ、君は生まれながらのお兄ちゃん。練習もマニュアルも必要ない、何も考えずただ心のままに行動すればそれでいいんだ」

「いやいいわけねえよ!!」

「ちなみに、お出迎えの挨拶は『いらっしゃいませ』ではなく『おかえり、マイシスター』だから間違えないように」

「いや聞いてないですけど!? なんでこんな土壇場になって言うんですかそれ!」

圭太がツッコミを入れている間も、時間は止まってくれない。

ガチャ、と音がして、ドアノブが回る。

ゆっくりと開こうとするドア。にわかに膨れ上がる焦りと緊張。玲がこちらを見て、「ほら言えはよ言え」みたいなジェスチャーをしてくる。

(いや、い、言えって言われても!?)

正直、そんな恥ずかしい台詞言いたくない。

……いや、過去に画面の向こうの妹に向かって、似たようなことを語りかけたりした経験がないではないけど、そんなのは、部屋で一人だから言えることだ。他の誰かに向かって言うとか、恥ずかしさで死ねる。

死ねてしまうが……急すぎる展開に、頭は最早(もはや)パニックだった。勢いと、場に満ちるプレッシャーに押され、圭太は半ば自棄(やけ)になりながら、叫(さけ)ぶように口を開く。

「お……おかえり!!　マイシスター!!」

「へ……!?」

圭太の声が大きかったせいか、それとも口にした台詞のせいか。中へ入ってこようとしていた『妹様』が、驚(おどろ)いたように動きを止めた。

そして——圭太もまた、ドアの前に立つその姿を見て、驚きに硬直(こうちょく)する。

染めた髪(かみ)に着崩(きくず)した制服。種族はリア充(じゅう)、国籍(こくせき)はギャル。

そこにいたのは——圭太のクラスメイトの、片瀬初葉だったのだ。

「アハハハ！　『マイシスター』って！　『マイシスター』って！　そういうキャラじゃないじゃん真島!!　アッハハ、おっかしーｗｗｗ　お腹(なか)痛いｗｗｗ」

お腹を抱(かか)え、体をくの字に折り曲げて、初葉は盛大に笑い転げる。

その声を聞きながら、圭太は床(ゆか)に崩れ落ちていた。死にたい。いま、生まれて初めて心からそう思う。

「しかし驚いた……まさか最初の妹様が君の学校のクラスメイトだったとはな。不思議な偶然(ぐうぜん)もあるものだ」

「そんな他人事みたいに!!　っていうか片瀬!!　お前も何しに来たんだよ!?」

「え？　だって真島がバイト始めたっていうから。学校よりもっと話したりできるかもしれないし、行ってみよっかなって」

「は？」

それはつまり……圭太に会いに来たということだろうか。それにこの言い方……まるで今よりもっと圭太と仲良くなりたいみたいな……それじゃあまるで――。

「なんちゃって☆」

「そうだな!!　お前はそういう奴(やつ)だったよな!!」

日頃(ひごろ)あれだけからかわれていながら、一瞬でも本気にしてしまった自分を殴(なぐ)りたい。どうせこうなることはわかっていたのに。

「俺をからかいに来たんだったらもう用は済んだろ!!　帰れよ!!　帰ってください!!」

半ば土下座する勢いで、圭太はドアを指差す。

クラスメイトに『マイシスター』を聞かれただけでもツラみ極まっているのに、相手があの片瀬初葉とか、拷問以外の何物でもない。この先一生このネタでからかわれ続けるのではと、今から暗澹たる気持ちになる。

が、それを聞いた初葉は、何故か急に慌てだした。

「え、待って！　待ってよ！　そんな、追い出すことないじゃん！　笑ったのは謝るから！　だからその……もうちょっと、いてもいいでしょ？」

「はあ!?」

冗談じゃない、と言いかけたが、その前に、成り行きを見ていた玲が話に入ってくる。

「ふむ。それは当店のサービスを利用する……つまり『妹様』になるということでよろしいですか。そうであれば、こちらの注意事項をよくお読みの上、サインをいただきたいのですが」

「そ、そうだぞ片瀬！　この店は『妹』以外立ち入り禁止なんだよ！　冷やかしなら帰ってくれ！」

「そ、それ!!」

ビシッと、綺麗に塗ったり飾ったりしている爪が圭太を指差す。……どれ？

「表の看板見たけど……つまり、レンタルすれば、真島が、アタシのお兄ちゃんになってくれるってことでしょ？　ってことはさ……レンタルしてる間は、本当の妹みたいに、甘えたりしてもいいってことだよね？」

「は？」

きょとんとする圭太を、初葉はじっと見つめる。心持ち、赤くなった顔で。

「だったらアタシ、真島のことレンタルする！　アタシのこと、真島の、妹にして……？　お……お兄、ちゃん」


………………なんだって？


「いや、待て！　ちょっと待て！　片瀬お前、何言ってるんだよ⁉」

「だ、だってちょうどいいし。アタシずっと、真島と仲良くなりたいと思ってたから……」

「―――――え」

「……っていうのは冗談で！　ホントのこと言うと、アタシ一人っ子だから、『お兄ちゃん』に甘やかしてもらうの憧れてた的な？　いい機会かなーって」

「なんだその無意味なフェイント!?　ふざけんなよ!!」

「真島くん、妹様にそういう口の利き方は……いや、兄妹だからこそ遠慮ないやり取りができるという側面もあるな。さすがは第一お兄ちゃんだ、いいぞもっとやれ」

「主任はちょっと黙っててもらっていいですか！」

（嘘だろ……片瀬の奴、そこまでして俺を弄り倒したいのか……）


　圭太と目が合うと、初葉は心なしか嬉しそうな……そしてちょっと照れたような顔で「てへ」と笑う。

　その表情だけ見たら可愛らしいのだが、どうせからかおうとしているだけなことは明白なので、圭太はスルーした。別にドキッとなんかしてない。全然してない。

（くそ……！　そっちがその気だって言うなら、俺にだって考えがある！　いい気になっていられるのも今のうちだからな片瀬！）

　このまま初葉を調子づかせていては、学校でもお兄ちゃんネタで弄ってくるかもしれない。そうなったら、最早平穏な学校生活は絶望的だ。

だから、そうならないために、ここで一矢報いる。自分だってやられっぱなしではないのだというところを、ここでガツンと見せてやるのだ。

普段だったら、そんなことはできなかったかもしれない。

だが……今の圭太は、彼女の『お兄ちゃん』だ。

オイタをする妹にお仕置きすることなど、お兄ちゃんであれば造作もない。

「ねえ？　真島も座んないの？　……てかさ、『レンタルお兄ちゃん』って、具体的に何すんの？」

「──お兄ちゃんだ」

「へ？」

「お兄ちゃんと呼べ」

イスに座る初葉に近付き、真上から顔を覗き込む。ぎくり、と顔を強ばらせる初葉。

「は？　え？　何……どったの急に？　ま、真島って、そんなキャラだっけ……？」

「お兄ちゃんに対して『真島』とはなんだ。俺はお前のお兄ちゃんだぞ。ちゃんとお兄ちゃんと呼びなさい」

「え、あ……ご、ごめん。お兄ちゃん……」

思いのほか素直に、初葉はそう口にする。よし、と頷いて、圭太は初葉の向かいに腰を下ろした。

「時に片──」

言いかけて、停止。

今の自分は初葉のお兄ちゃん。ならば、呼び方もそれに倣わなければならない。

つまり、名前で。

いつもの圭太だったら、女子を呼び捨てになんて逆立ちしても不可能だが──今はお兄ちゃんなので。

（ふん！　キモいと言うなら言うがいい!!　自分から『妹にして』とか言ってきたほうが悪いんだからな片瀬!!）

ゴホン、と咳払いをし、圭太は初葉の顔をじっと見つめる。

「えー……は、初葉」

「ひゃい!?」

瞬間、初葉がぶわっと顔を真っ赤にした。言った圭太自身、驚いてしまうような初心な反応。

『あれ？』と首を捻りながら、圭太はもう一度。

「片……初葉？」

「ひう⁉」

「………初葉」

「っ、っ、〰〰〰‼」

圭太が名前を呼ぶたびに、初葉は口をパクパク、目を白黒。

正直、予想外だった。いつも散々自分をからかい倒してきていた初葉が、まさか、男子に名前を呼ばれただけで、こんな反応をするとは。


そして同時に、思う。

(勝てる‼　これなら片瀬に勝てるぞ俺でも‼)


「あ、あああ、あの、ま、真じ——お兄ちゃん？　そ、それ、やめない……？」

「それ？　なんのことだ、初葉？」

「あうっ⁉　だだ、だからその、アタシのこと、名前で呼ぶの……！」

「兄妹なんだから名前で呼び合うのは当然だろ。なあ初葉」

普段のお返しとばかり、余裕の笑みで返してやると、初葉が「うっ」と言葉に詰まる。

「まあ、どうしても嫌だっていうなら、もう軽い気持ちで『妹』になりたいとか言わないことだな。あと教室でやたらと俺に絡んでくるのもやめて、お互いに平穏に――」

「そ、それはだめ！　アタシは真島の……お兄ちゃんの妹でいたいんだもん！」

「…………へ？」

全く予想外の言葉に、圭太は動きを止める。思考も。

またいつもの「なんちゃって」かと思ったが、初葉はいつまで経ってもその言葉を口にしなかった。ただ、潤んだ瞳で、圭太のほうを見てくるだけ。

そのまま、お互いに無言の時間が過ぎて――。

「……話が盛り上がっているところ大変申し訳ないんだが真島くん。サービスを始める前に、妹様に契約内容の確認をしてもらわないと困るんだが」

玲の声で、圭太はハッと我に返った。同時に初葉も。

「あ、そ、そっか！　まずお金払わないとですよね！　すみません！」

「いえ、妹様。当サービスは基本無料となっておりますので。会員契約だけなら料金はかかりません。ご安心ください」

「え!?　ホントですか!?」

「はい。ただし、『一部コンテンツ』は有料となっておりますが」

「ガチャで爆死するやつじゃないですかそれ……」

ぼそりと口にしたツッコミは初葉には聞こえなかったようで、初葉は嬉しそうに差し出された契約書にサインしていた。他人事ながら、こんなにチョロくていいのだろうか、こいつ。

「ありがとうございます。これであなたは名実ともに真島くんの『妹様』です。ここから先は存分に、兄妹の時間をお楽しみください」

「えっへへへー！　ありがとうございます！　……あ」

にへら、と相好を崩した矢先、初葉が壁の時計を見上げた。そして急に慌て出す。

「あ、ご、ごめんなさい！　アタシ、今日はこれからちょっと用事があって……！　また、今度来ます！」

よほど時間がギリギリなのか、初葉はカバンを掴んでバタバタと立ち上がった。

が、ドアノブに手を掛ける直前、彼女はちらりと圭太のほうを見。

「え、えっと、その……今日は、付き合ってくれてありがとね！　じ、じゃあ、また……！」

恥ずかしそうに、一杯一杯、という様子でそれだけ言い。逃げるように、初葉は駆け足で店を出て行く。

（……行っちまった）

ぼーっとしていて、返事をするのを忘れてしまった。

にしても、『また』とはどういう意味なのだろう。『また学校で』ということなのか。

でも、それはそれで妙な気がした。教室で顔を合わせたって、圭太と初葉は別に、親しく話をするような間柄でもないのに。

呆然としていると、不意に、玲が腕の辺りをぽんと叩いてくる。

「お疲れ様、真島くん。どうだった、初日の感想は？」

「いや、感想って言われても……」

正直、よくわからない。

ただ、頭の中にはずっと、今日見せられた初葉の様々な表情と——そして、最後に告げられた『また』という言葉が、いつまでもリフレインしていた。

「ふわぁ～……。ドキドキしたぁ……」

先ほどの雑居ビルからほんの少し離(はな)れた、狭(せま)い路地。

電信柱の陰(かげ)にしゃがみ込んで、初葉は大きく息を吐(は)き出す。その顔は、茹(ゆ)で上がったように真っ赤だ。

彼女はしばしの間、両手で顔を覆(おお)い、俯(うつむ)いていたが……しばらくして、その手のひらの隙間(すきま)から、「ふへへへ……」と、だらしない笑い声が漏(も)れ出してくる。

「えへへ……お、お兄ちゃんに、名前呼んでもらっちゃった」

両手を頰(ほお)に移動させ、へにゃり、と笑う。


……本当に、夢を見ているみたいだ。

また彼と、こんな風に話ができる日が来るなんて。


また、彼のことを──『お兄ちゃん』と呼べる日が、来るなんて。

小さい頃、近所に住んでいた『お兄ちゃん』。
いつも優しくて、頼もしくて、大好きだった。
……違う。
大好きだった、ではない。
大好きなのだ。今でも、少しも変わらずに。
お別れしてからも、彼のことを忘れた日なんて一日もない。
だから、高校の入学式で再会した時も、すぐにわかった。『お兄ちゃん』だと。
嬉しかった。それこそ、すぐにでも抱きついてしまいたかったくらい。
だけど……初葉は、圭太にそのことを言い出せなかった。

何しろ、あんな別れ方をしてしまったのだ。圭太が覚えていない様子なのもあって、自分から打ち明けることがどうしてもできなかったのだ。

それでも、少しでもそばにいたくて、仲良くなりたくて。入学以来、初葉なりに結構頑張って、圭太との距離を詰めようとはしていたのだ。

『男子はちょっとエッチな女子が好き』とネットに書いてあったから、恥ずかしいのを我慢して、胸元を見せたり、おっぱいを押し付けてみたりもして……。

が、肝心なところで結局勇気が出せず、初葉はいつも冗談にして誤魔化してしまっていた。これではだめだと毎回思うのだけれど、いざ圭太本人を目の前にすると、どうしても恥ずかしさが勝ってしまう。

今日だってそうだ。

本当は、圭太がバイトを始めたと聞いて、『これをきっかけに仲良くなれるかも』と思って遊びに行ったのに。そんな簡単なことさえ、口に出せなかった。

けれど、行ってみて良かったと思う。結果的には。

「えへへ……『お兄ちゃん』……えへへへ……」

さっきの幸せな体験を思い出し、またしても初葉の頬がだらしなく解ける。

『レンタルお兄ちゃん』。なんて素晴らしいサービスだろう。あの店でならば、自分は好きなだけ圭太のことをお兄ちゃんと呼べる。また昔みたいに、『妹』として可愛がってもらえる。クラスメイトとしてでは恥ずかしいことも、妹になれば、いくらだってできるのだ。

それに、何より——。

「お兄ちゃんは、彼女より、妹がいいんだもんね……」

他でもない圭太自身が言ったこと。初めて聞いたときは、『告っても彼女になれない⁉』と愕然としたが……むしろ、これはチャンスだったのだ。

『彼女』ではだめなら、『妹』になればいいのである。

「よし！　お兄ちゃん、見ててね！　アタシ、お兄ちゃんのためなら、なんだってするから!!」

元気よく拳（こぶし）を突（つ）き上げ、空に向かって叫（さけ）ぶ。

（そうだ。お兄ちゃんにシフト聞いておかなくちゃ。あ～、明日（あした）の学校楽しみだな～。お兄ちゃんとまた話せるかな～）

えへへへへ、と笑いながら、初葉はうきうきと歩き出すのだった。

第二章　俺が好きなのは妹であってギャルじゃない

「よー……」

「おー、真島。おはよ」

「どしたー？　朝から顔死んでんぞー？」

朝。のろのろと教室へ入ってきた圭太を、友人達が適当な挨拶で出迎える。

「なんだお前、まだこないだの爆死を引きずってんのか」

「元気出せよ。俺の舞たんつつかせてやるから」

「いや、違くて……」

いまいち調子が出ないのは、昨日、あれこれ考えて寝不足だからだ。

圭太が『レンタルお兄ちゃん』なんてバイトを始めることになり、クラスメイトの片瀬初葉とまさかの遭遇をしてしまったのは、つい昨日のこと。

あの時はなんだかバタバタしたまま別れてしまったけれど、学校に行けば、同じクラスの初葉とは嫌でも顔を合わせることになる。

あんなことがあった後で、一体どんな顔をして会えばいいのか。初葉は初葉で、一体どんなリアクションをしてくるのか。

そんなことを考えていたら眠れなくて、気付いたら明け方になっていたのだった。

今のところ、教室に初葉の姿はない。とはいえ、同じクラスなのだから、そのうち登校してくるのはわかりきったことだ。

（……とりあえずトイレにでも行こう）

正直、今はまだ顔を合わせる決心がつかない。ここはひとまずＨＲ直前まで教室を離れていて、授業中にでも、改めてどうするかを考えよう。

……という目論見のもと、教室を出ようとした矢先。

ドアを開けた圭太は、ちょうど入ってくるところだった初葉と、ばっちり鉢合わせてしまった。

「あ……」

思わず、といった様子で、初葉の口から声が漏れる。

（いやいきなりかよ!!）

完全に不意打ちだったので、テンパった圭太はその場で硬直。

だが、いつまでも固まってもいられなかった。今は周りにクラスメイトがいる。変に思われるようなことは絶対に避けなければならない。

「お、おはよう……片瀬」

口ごもりながらも、とりあえず挨拶。

それを聞いて、やや緊張した様子だった初葉も、安心したように表情を緩めた。

そして、元気いっぱいの笑顔でこう言う。

「うん！　おはよう、お兄ちゃん！」

（ちょっ!?!?!?!?!?）


初葉の声は教室中に響き渡り、賑やかだったクラス内が一瞬にして静寂に包まれる。

圭太は何も言えず、無言。初葉も失言に気付いたようで「やばいやばいどうしよう!?」

と言いたげに顔を真っ青にしている。

「は？　何？　『お兄ちゃん』？」

「今の片瀬さん……？　え、今の真島に言ったの？」

「そういえば真島くん、『妹が好き』とかっていつも……」

ざわつくクラスメイト。集まる視線。圭太の動揺は頂点に達し——。

「……な、なーんちゃってー！　真島ってば、こういうの好きっしょ？　いっつも妹がどうとか言ってるし！　どう？　嬉しい？　ドキッとしちゃった？」

次の瞬間、初葉が元気よく圭太の肩を叩いてきた。いつものようにキャピキャピと笑いながら。

途端、「なーんだ」という空気が教室に広がる。また例によって、初葉が圭太をからかっているだけだとみんな思ったらしい。

まだ動けない圭太を放置し、初葉は何事もなく友達の輪に加わっていく。

——そして次の休み時間。

「ごめんごめんマジごめんホント!!」

「話があるんだけど」とこっそり声を掛けてきた初葉に連れられ、やってきたのは廊下の突き当たり。

人通りの少ない場所に来るなり、初葉はバン！　と両手を合わせて平謝りしてくる。

「ごめんって……じゃあアレ素だったのかよ！　心臓止まるかと思っただろうが!!」

「ごめんってば！　なんかつい癖で!!」

「いや、癖って……昨日ちょっと呼んだだけだろ」

まさか、たったあれだけのやりとりで、『アタシは真島の妹なんだ！』と刷り込まれてしまったとでもいうのだろうか。そんな馬鹿な。

「それは……えと、昨日、帰った後もずっとイメトレしてたから！　それでつい！」

「マジか……」

「や、やるからには、全力で楽しまなきゃもったいないじゃん！　お金払うんだし！」

言いたいことはわかるが、ただのクラスメイトを『お兄ちゃん』と呼ぶ練習するとか、道を踏み外してる感がすごい。

「と、とにかく、ホント、ごめんね？　お兄ちゃん困らせちゃうとか、アタシ、妹失格だよね……」

「いや。呼んじゃいけない場面でうっかり兄を『お兄ちゃん』って呼んじゃうシチュエーションは大いにありだと思うぞ、妹的に」

　ドジっ子妹は正義。これテストに出ます。

「え……？　あ、そ、そうなんだ……へへへ」

　一瞬驚いた顔をした後、初葉は安心したようにふにゃふにゃと笑った。

　その顔は、普段の余裕たっぷりの彼女とは違うもので……具体的にいえば、甘えん坊の妹みたいで。圭太はほんの少し、ドキリとしてしまう。ほんの少しだけだけど。

「あ、けど!!　もう学校で『お兄ちゃん』とか呼ぶのは絶対やめろよ!!　昨日のはあくまでバイトの話で、俺達はクラスメイトなんだからな!!」

「わ、わかってる！　もうお店以外では絶対言わない!!　絶対!!」

　宣誓するように片手を上げ、こくこくと頷く初葉。

「あ、そだ。……あのさ、真島って今日も、シフト入ってる？」

「え？」

「ほらあの……『お兄ちゃん』の」

　圭太は答えに迷った。確かにシフトは入っているけれど……本当にこのまま、あんなむちゃくちゃなバイトを続けていてもいいのか、正直今でも割と悩んでいる。

　が、圭太が返事をする前に。

「あ、えっと、別にいろってわけじゃないんだけど……！　ただその……ア、アタシ、これからも行こうと思ってるから、知り合いいてくれたら安心するっていうか……」

「は？　お前、今日もまた来るのか？」

「い、いいじゃん……！　アタシ、一人っ子だから……ずっと『お兄ちゃん』ほしいなって思ってたし」

もじもじ、と落ち着きなく身じろぎしながら、初葉がじっと圭太を見つめてくる。

初葉らしからぬ頼りない視線に、圭太はつい、ドギマギしてしまった。さっきの笑顔を見た後だったから余計に。『この子のために何かしてあげたい』と、そんな、柄にもないことを思わされてしまう。

「その、主任には『週七で』って言われてるし、今日も行くつもりではあるけど……」

「マジで⁉　超ブラックじゃん⁉　え、大丈夫なの⁉」

初葉は目をまん丸にした。そりゃそうだ。

でもすぐに、ほっとしたようにくすりと笑う。

「あ、でもそれじゃ……今日も、真島に『お兄ちゃん』やってもらえるんだね」

その顔があんまり嬉しそうだったから、圭太はまた、ドキリとさせられる。……どうせまた、からかわれるだけだって、わかっているはずなのに。

「ってヤバ！　話してる場合じゃなかった！　じゃね、真島！　その……また放課後！」

慌てた様子で、初葉が教室に戻っていく。

その背中が見えなくなるまで見送ったところで、はた、と圭太は我に返った。

（あれ？　ってことはつまり、俺は今日も、片瀬の『お兄ちゃん』するってことか……？）

――そんなこんなで、放課後。

「待っていたぞ真島くん！　昨日のお兄ちゃんぶりは実に素晴らしかった！　やはり私の目は確かだったな！」

現れた圭太を見て、玲は心から嬉しそうに、圭太の手を握り締めた。

なんて熱烈な歓迎。でも何故だろう、さっぱり嬉しいと思えなかった。むしろ虚無の心地である。

「おっと、こんなことをしている場合じゃなかった。急いで支度をしてくれ。じきに今日の妹様がやってくる。ほら早く研修中のバッジをつけて」

言って、玲は圭太の胸元にバッジをつけさせた。同時に、室内に響くノックの音。

元気良くドアを開けて入ってきたのは、やはりというか、初葉だった。

「こんにちは！　今日こそよろしくお願いします！　ちゃんとお金も持ってきました！」

「いらっしゃいませ、妹様。ほら真島くん、挨拶挨拶」

「えーっと……おかえり、マイシスター」

圭太同様学校帰りらしく、初葉は制服姿。圭太と目が合うと、はにかむような笑みを浮かべる。

「えっと……よろしくね？　お兄ちゃん」

「お、おう……」

なんだか、あらゆる意味で調子が狂う。

そこに、玲が何やら冊子のようなものを抱えてやってきた。

「真島くん、これを」

「なんですか急に……〝お兄ちゃん研修メニュー〟？」

手渡されたのはどうやらマニュアルのようで、中には『なでなで』だとか『だっこ』だとか『背中流しっこ』だとか、ラブコメラノベでよくありそうなシチュエーションが羅列されている。

「あの、これは……」

「見ての通り、職業お兄ちゃんのための研修マニュアルだ。君が立派に『お兄ちゃん』するための必要スキルを一通り並べてみたので参考にしてくれ。まあ、コンビニバイトにおけるレジ打ちや品出しのようなものだと思ってくれればいい」

「職業お兄ちゃんて」

試しに最初のページを開いてみると、『あなたは『お兄ちゃん』として、病めるときも健やかなるときも、富めるときも貧しきときも、妹を愛し、敬い、慈しむことを誓いますか？』とか謎極まる文言が目に飛び込んできた。

「あの、これは……？」

「見ての通り、お兄ちゃんたるものの心得を書き記してある。あそこの壁にも貼ってあるだろう」

指さされたほうを見やると、『汝、妹を愛せよ』と書かれた額が飾ってあるのが見えた。

「ちなみに今は『春のだっこ祭り』開催中だ。レンタル一回につき、有料オプションの正面だっこが一度だけ無料で利用できる。くれぐれも忘れないように」

「パン祭りかよ!!」

圭太がツッコミを入れたところで、初葉が「何、何？」と、横からマニュアルを覗き込んできた。

「ちょっ……か、勝手に見るなよ！」

「えー、だって気になるし」

「ああ、妹様。申し訳ありませんがそちらは社員用で……妹様用のメニューはこちらになります。好きなコースをお選びください」

「わ、そういうのあるんだ！」

喜ぶ初葉に、玲がメニューを手渡す。圭太のそれと違い、ファミレスとかにあるようないかにもな『メニュー』だった。

横から覗いてみると、『お部屋でのんびりコース』だとか、『リビングくつろぎコース』だとかいうコース名と一緒に、部屋の写真らしきものが並んでいる。

説明を読む限り、選んだコースに応じて部屋の内装が変わるシステムらしいが……。

「あの主任、一ついいですか」

「なんだ？」

「ここ、どう見ても写真の内装と違うんですけど」

「心配ない。写真の部屋はここことは別に用意してある」

フッ、と自信ありげに微笑し、玲は「来てくれ」とドアに向かった。「はーい」と、素直にくっついていく初葉。嫌な予感を覚えつつ、圭太もしぶしぶ続く。

部屋を出ると、玲はそのまま階段を上がった。やってきたのは一つ上の階。

「ここが『お部屋でのんびりコース』用の部屋、名付けて『お兄ちゃんのお部屋』になります。さあ、どうぞご覧になってください」

そう言って、玲がドアを開け放つ。

現れたのは、ギャルゲーの背景とかで使われていそうな、『主人公の私室』的お部屋。

ベッドに机にタンス。壁際の本棚にはしっかりラノベや漫画も揃えられている。なんなら圭太の部屋より居心地が良さそうだ。

「わー、すっご！　こんなとこもあるんだー！」

興味深そうに、初葉が室内を見回す。

「へー、漫画とかも一杯……真島の部屋とかもこんな感じなの？」

「まあ、確かに漫画はそこそこ持ってるけど……」

「だったら、今日はここでやってみたいかも。お兄ちゃんの部屋に遊びに行くの、夢だったし……」

妙に嬉しそうにそんなことを言われて、不覚にもちょっとドキッとする。

「……っていう感じだよね、妹って！　ちょっとなりきってみましたテヘ！」

「そんなことだろうと思ってたよ!!」

テヘペロ、とウィンクする顔を見ながら、もう二度とこいつの発言を真に受けるものかと、圭太は固く心に誓った。

その際、初葉が小声で「危なかった……」とか言っているのが聞こえたが……突っ込んだらまた「なーんちゃって！」とか言われそうな気がしたので、頑なにスルーする。

「承りました。では今日は『お部屋でのんびりコース』ということで……これが『のんびりコース』用のオプションになります」

メニューをめくり、『有料オプション』のページを見せる玲。いよいよキャバクラじみてきた気がする……いや、行ったことないけど。

と、メニューを眺めていた初葉が不意に。

「……ね、ねえ？　お兄ちゃんはさ、こん中だったらどういう妹がいいの？」

「は!?　俺!?」

まさかそんなことを聞かれるとは思っていなくて、声が裏返る。

すると、初葉は「ハッ！」と何かに気付いたような顔をし、真っ赤になって慌てだした。

「あ、ち、違くて！　ほ、ほら、アタシ妹初心者だから、何選んだらいいかわかんないし！て、店員さんのオススメが聞きたい的な！　それだけだし！　……別に、この機会にお兄ちゃんの好み聞いておこうとか、そんなことは考えてないよ？」

ちょっと頬を赤くして、初葉が上目遣いにそんなことを言ってくる。

圭太はまたしてもドキリとし——かけて、我に返った。さすがに、さっきの今で同じ手に引っかかるほどアホではない。

（っていうかこいつ、完全に俺に対する呼び方が『お兄ちゃん』になってるな……）

そして、自分も段々それに慣れつつあるのが怖い。いつか教室で、普通に「お兄ちゃーん？」「なんだ妹よ」みたいな会話を繰り広げてしまうかもしれない。自分を見失わないようにしなければ。

「お兄ちゃん？　どったの？」

「いや、なんでもない……。ええと、おすすめの話だっけ」

が、いざ言葉にしろと言われると、中々難しい。どんな『妹』であれ、妹であるだけで可愛い！　というのが圭太の信条である。その中で誰が一番とか、優劣をつけたくはない。

圭太が悩んでいるのを察したのか、初葉が「じゃあ」と提案してくる。

「なんか、最近読んだ漫画とかで、特にこの妹が良かった……とか。そういうのは？」

「最近か……それだと『俺が好きなのは妹だ！』の涼音だな。略称は『好妹』」

「『好妹』……その涼音って、どんな妹なの？」

「いわゆるブラコン妹だな。兄が好きすぎて、恥ずかしいの我慢していろいろアピールしてくるのがスッゲー可愛いんだよ。下着姿でベッド潜り込んでくるシーンとかイラストもあって最高で——」

「え？　ごめん、よく聞こえなかった。何姿？」

「いやなんでもない！！！！」

危なかった。妹の下着に興奮するド変態だと思われるところだった。

「ふーん、そういうのあるんだ。聞いたことないけど、それ漫画？」

「いや、ライトノベル」

「ライトノベル……あのさ、それって高いやつ……？」

「へ？　いや別に、他のラノベと比べて特に高いってことはないけど……だいたいどの巻も六百円ぐらいじゃないか？」

まあ、ガチャを回した後なんかだと、そこそこ痛く感じる出費ではあるが。

「そっか……六百円……」

何やら悩む様子で、ぶつぶつと呟く初葉。

まさか買うつもりなのだろうか……？　と圭太が思ったところで。

「ああ、それならそこの本棚にありますよ。一巻だけですが」

「え⁉　ほんとですか⁉」

パッと顔を明るくする初葉。圭太も、「マジで⁉」と本棚を見る。

よく見たら、本棚に並んでいるのはどれも妹メインの作品ばかりだった。圭太も持っているものばかり……というか、ほとんど丸被りである。

まるで自分の本棚を覗かれているみたいで落ち着かない……と、圭太が思った矢先。

「ちなみにラインナップは、真島くんがアンケートで答えてくれた『好きな妹作品』を参考にしてみた」

「何してくれてんだ勝手に‼」

叫ぶ圭太をよそに、初葉は早速とばかりに、問題の『好妹』を手に取る。

「へー、これがそうなんだ。絵とかもあって読みやすそ――」

パラ、と本を開いた初葉が、そのまま硬直。

なんだ、と思い、圭太はその手元を覗き込み――やはり硬直した。

初葉が開いているのは口絵のページ。そこには、下着姿で兄のベッドに横たわるヒロインの姿が、美麗なカラーイラストで描かれている。

しばらく無音の時間が過ぎ、やがて、初葉が、「ぼん！」と顔を真っ赤にした。

「あ、あわわわ……！　あばばばば……⁉」

「ま、待て！　落ち着け片瀬!!　話せばわかる!!」

大慌てで、圭太は初葉の手からブツを奪い取る。

初葉はパニックこそ脱したらしいが、顔を赤くしたまま、気まずそうに圭太の顔をチラ見していた。そして小さな声でぽつり。

「お兄ちゃんって……こ、こういうのが好きなの……？」

「ち、違う!!　違うぞ!!　断じてエロ目的で読んでるわけではなく!!　兄のために健気に頑張ってくれる妹の真心が尊いというそれだけで!!」

……というか。

（ちょっと、意外だな）

初葉がこんなもの見たら、「へー。真島ってばこういうの好きなんだー（ニヤニヤ）」とかって、それこそ、鬼の首でも取ったように弄ってくると思ったのに。昨日も圭太に名前を呼ばれただけで真っ赤になっていたし、案外、初心なところもあるのだろうか。

「……ね、ねえ？　お兄ちゃんはさ、この、涼音ちゃんみたいな妹が、好きなんだよね？」

「ま、まあその……決して嫌いではないけども……」

「ふ、ふーん……」

もじもじ、そわそわ、チラチラと。初葉の視線が、圭太と、圭太が持つ『好妹』を行ったり来たりする。

「……あ、あの、主任さん。さっきのメニューに、『添い寝』っていうの、ありましたよね？

それ、お願いしていいですか……？」

「は⁉」

「畏まりました。それではそちらのベッドをお使いください」

「いやちょっと⁉」

マジか、という気持ちで、圭太は初葉を見る。

どうせまた、「なんちゃって」とかなんとか言ってくると思ったのに、初葉は顔を赤らめたまま、ベッドに腰を下ろした。下ろしてしまった。

「お兄ちゃんも……来てよ」

「い、いや、けどさ……」

いいのだろうか。だって、添い寝ってつまり、一緒にベッドに入るってことで。

「ほら、真島くん。妹様がお待ちだぞ」

「そ、そんなこと言われても……」

「相手が知り合いでは気恥ずかしいのもわかる。だが、こちらはお金をいただいているんだ。料金分のサービスはしなければならない」

「それはそうなんですけど……」

「むう、では仕方がないな。無為に過ごした分の時間は君へのボーナス（ＳＳＲ）から引かせてもらうということに――」

「謹んで添い寝させていただきます!!」

しゅたっと、圭太は速やかにベッドへ。

「ええと、じゃあ……先、どうぞ」

「う、うん……ありがと」

初葉はおずおずと掛け布団をめくり、ベッドに入ろうとしたが――その矢先、「ハッ!?」と動きを止めた。

「あ、ま、待って！　やっぱりお兄ちゃんが先に寝てて！」

「え？　……なんで？」

「い、いいから！　ほら寝て！　そんで向こう向いて、目閉じてて！」

「いやだからなんで!?」

ぐいぐいと肩を押され、首を捻りながらもベッドに入る。

「ちゃ、ちゃんとあっち向いててよ？　こっち見ちゃ、だめだからね……？」

「わ、わかったよ……」

不安になりながらも、相手はお客様……もとい、『妹様』だと思うと、あまり強くも出られない。

大人しく目を閉じ、待つことしばし。

やがてどこからか、ゴソゴソと物音が聞こえ始める。

というかこれは……いわゆる、衣擦れの音というやつでは？

そう思った矢先。ぎしり、とベッドが軋んだ。誰かが——初葉が、ベッドに入ってくる気配。

「も、もう……こっち見ても、いいよ？　お兄ちゃん……」

背後から聞こえる、初葉の恥ずかしそうな声。その距離の近さにドキリとしつつ、圭太は体の向きを変え……。

直後。

（は……!?）

同じベッドの中。すぐ目の前に横たわる初葉は、なんと、下着姿だった。

さっきまで着ていた制服は影も形もなく消えて、女の子らしい色合いの下着と、その奥の豊満な膨らみが露わになっている。

「かっ、片瀬⁉　お、おま、何やって……⁉」

「片瀬じゃ……ないもん」

そんな場合じゃないはずなのに、初葉は拗ねたような声で、そんなことを呟いた。

「その……アタシとお兄ちゃんは、兄妹じゃん？」

「それは……いや、でも、今はそんな話してる場合じゃ――」

「だ、だったら、昨日みたいに、名前で、呼んでよ……」

甘えるみたいにそう言って、初葉が、圭太の服の胸元を掴んでくる。

……同時に、動いた腕に押し潰されて、そのたわわなおっぱいが「むにゅり」と形を変えた。圭太は爆速で視線を逸らす。

「お兄ちゃん……？　なんで、目、逸らしちゃうの……？」

「いい、いや、だってお前！　その格好！」

「……いいよ？」

「は⁉」

「お兄ちゃんが見たいなら……見ても、いいよ？　アタシは、お兄ちゃんの妹だから……お兄ちゃんの喜んでくれることは、なんでも、するもん」

胸元を押し付けるみたいに寄り添ってこられ、圭太は今度こそ鼻血を吹き出しそうになる……が。

（いや待て‼　騙されるな俺‼　これはいつもの片瀬のやり口‼　何度も何度もアホみたいに同じ手に引っかかってたまるか‼）

初葉のことだ。しおらしいのはただの演技で、圭太がドギマギしたところで、お得意の「なーんちゃってー！」を発動するつもりなのかもしれない。

だとすれば、マウントを取られたままにしておくわけにはいかない。自分もお兄ちゃんとして、威厳と自信を持って『妹』に接しなければ。

何しろ、今の自分達は兄妹。お兄ちゃんは、下着姿の妹と添い寝したってドキドキしない。しないったらしない。

（やってやる、やってやるぞ俺は‼　余裕ぶっこいてられるのも今のうちだぞ片瀬‼　この店にいる俺は、普段の俺とは違うんだってことを見せてやるからな‼）

気合いを胸に、圭太はゆっくりと顔の向きを正面に。

……が。振り絞った気力はあっさりと萎んでしまった。

てっきり、ニヤニヤと意地悪い笑みを浮かべているだろうと思っていた初葉が、見たこともないくらい、顔を真っ赤にしていたからだ。

恥ずかしそうに、ともすれば泣きそうにも見えるくらい、眉を八の字にして。それでも、じっと動かずに、初葉は圭太の顔を見返す。


そんな顔をされるなんて、思ってもみなかった。

だって圭太の知る初葉は。いつだって憎らしいくらいに余裕たっぷりで。ただ圭太をからかうためだけに、平気でおっぱいを押し付けたりするような、怖いもの知らずの強キャラだったのに。

これじゃあ本当に――大好きなお兄ちゃんのために、恥ずかしいのを我慢してアピールする、可愛い妹そのものだ。

「は……初葉？」

いつにないリアクションに戸惑って、圭太は初葉の名を呼ぶ。

瞬間、「ピシッ！」と音がしそうな勢いで、初葉が固まった。

そのままどんどん顔が赤くなっていき――最後には。

「…………きゅう」

「ちょっ⁉　お、おい、しっかりしろ‼　初葉！　初葉ー‼」

目を回し、ぱたりと倒れ込んでしまった初葉を前に、圭太は慌てて跳ね起きるのだった。

「大丈夫か……？」

「ん……。あ、ありがと、お兄ちゃん……」

目を覚ました初葉と二人、並んでベッドに腰を下ろす。もちろん初葉は制服姿だ。

（き、気まずい……）

気を抜くと、さっきの初葉の姿が脳裏に浮かんでしまって、圭太は彼女の顔を直視できない。

いっそいつもみたいにからかってくれたらいいのにとさえ思うけれど、初葉も初葉で、顔を赤くしたまま、無言で俯いているだけだ。

調子がおかしくなる。本当に。

誤魔化すように、壁の時計を見上げる。なんだかんだで、そろそろレンタルの時間も終わりに近かった。

（あ、そういや……）

　そこでふと、玲に言われた『サービス』の件を思い出した。

「な、なあ？　初葉」

「何？」

「いや、嫌なら断ってくれていいんだけど。社長が、『春のだっこ祭り』とかいうの始めたらしくて……」

　初葉が興味を持つとも思えなかったけれど、一応説明しておく。

　すると、初葉はしばらく考えるような顔をした後。

「……お兄ちゃんは？」

「は？」

「お兄ちゃんは……どっちがいいの？　抱っこしてほしがる妹と、そうじゃない妹だったら……お兄ちゃんは、どっちが、好き？」

　心なしか潤んだ瞳で、初葉が圭太を見る。

「お兄ちゃんが『そうしろ』って言うなら……アタシ、全部、お兄ちゃんの言うとおりにする。だから……お兄ちゃんが、決めて？」

「な――!?」

『ボフン！』と、頭が爆発するかと思った。

「そ、そりゃ、どっちもいいと思うけど……今の気分で言うなら、甘えんぼうな妹がブームというか……！」

混乱して、とっさに浮かんだことがそのまま口から漏れてしまった。初葉が、「そっか……」と頷く。何を思ったのか、その喉が、こくりと上下した。

「じ、じゃあ……お願い」

「は!?　マジで!?」

いいのだろうか。いくら兄妹だからって、クラスメイトの女子を抱き締めたりなんて。

「あ、あの……アタシ、そろそろ帰んなきゃいけないから……は、早くしてくれると、嬉しいんだけど……」

「お、おう……ええと、じゃあ……」

初葉に急かされ、立ち上がる圭太。

そのままおずおずと初葉の背に腕を回し、抱き締める。

（うわ……）

初めて抱き締める、女の子の体。信じられないくらい柔らかくて、温かくて、いい匂いがする。

何より、こうして抱き寄せていると、初葉の胸が思い切り体に触(ふ)れて。その未知の感触(かんしょく)に、心臓が爆発しそうになる。

「かた――は、初葉……？」

「な、何……？　お兄ちゃん」

「いや、その……嫌じゃないか？　俺にこうされてて……」

「ちょっと恥ずかしいけど……全然、嫌じゃないよ？　だってアタシ……お兄ちゃんのこと、大好きだもん」

「は……!?」

びっくりしすぎて、心臓が止まるかと思った。

（い、いや、違(ちが)う、落ち着け……！　どうせいつもの冗談(じょうだん)だろ。さもなきゃ、妹っぽくなりきって見せてるとか、そんなのに決まってる……）

動揺(どうよう)する圭太の胸に、初葉がコツンと額を押し付けてくる。

「…………えへへ」

甘える仕草。

兄妹みたいな。

あるいは、カップルみたいな。

ドキドキしすぎて、離れるタイミングがわからない。初葉も、自分から離れようとせず、ずっと圭太の胸に顔を埋めている。

もしかしてずっとこのままなんじゃないかとも思ったけど、そうなる前に、セットされていたアラームが鳴った。

レンタル時間終了の合図。圭太はビクッとして、弾かれるように体を離そうとした

——が。

「すんすん……んふふ……お兄ちゃん好きぃ……」

「初葉!? どうしたお前!? キャラ変わってるぞ!?」

「は!? あ、ご、ごめん……! ちょっと、『妹』になりきりすぎたかも!」

「いやどういうことだよ!?」

圭太のツッコミをよそに、初葉はあわあわと帰り支度を始める。

「じゃ、じゃあ真島! 今日はありがと! また来るから、よろしく!」

去り際、そんな言葉を残して。

「お疲(つか)れ様。昨日といい今日といい、中々いい『お兄ちゃん』っぷりだったじゃないか」

「あ……どうも」

閉店後の店内。ぼーっとしていたところに声を掛(か)けられ、我(われ)に返る。

「うんうん。やはり思っていた通りだ。君には『お兄ちゃん』の素質がある。これでSGOもますます発展するだろう」

「それは良かったです……」

「時に真島くん。君に見せたいものがあるんだ」

圭太の文句はしれっと流して、玲は手にしていたタブレットを操作する。

「なんですか、見せたいものって」

「ふふふ。喜んでくれ、真島くん。実は今朝方、近々実装予定の妹のデザイン案が上がってきたんだ。まだ決定稿(けっていこう)ではないが……せっかくだから、一足早く真島くんにも見せてあげようと思ってな」

「本当ですか!? ありがとうございます!! すっげえ嬉しいです!!」

今まで散々な扱いを受けたことも忘れ、圭太は諸手を挙げて喜んだ。『このバイトを始めて良かったー！』なんて、呑気なことすら思う。

「ただし、当然ながらこの情報はまだ公開前のものだ。SNSなどで漏らそうものなら賠償問題にもなりかねないので気を付けてくれ。まあ真島くんはお兄ちゃんだから、そんなうっかりなんてしないだろうとは思うが」

「ハ、ハハハー、当然じゃないですか……」

緊張感にガタガタと震えながら、タブレットを受け取る。

だけど、余計な雑念は、そこに映っていた『妹』の姿を見るなりあっさりと消えた。

『お兄ちゃん、大好き！』

そう告げる声が聞こえてきそうな、満面の笑み。

まだ、イラストだけだ。どんな性格なのかも、どんな声をしているのかも、何もわからない。

だけど、この笑顔だけで、圭太は断言できた。

きっとこの『妹』のことを、自分は大好きになるだろうと。

「え、めっちゃいいじゃないですか！　それで、この子はどういうキャラなんです？」

「それを、君に考えてもらいたいんだよ。真島くん」

「……え？　俺が？」

予想外の言葉に目を瞬かせると、玲は真面目な顔で頷く。

「言っただろう？　『レンタルお兄ちゃん』のサービスはいわゆるロケハンだと。様々なタイプの『妹』達と接することで、より萌えるキャラ像、シチュエーションを模索しようというのが、このプロジェクトの狙いなんだ」

「あ、本当にちゃんとゲーム作るつもりはあったんですね……」

「当然だろう。伊達や酔狂でこんなことはしないさ」

大真面目にやることでもないと思うが、口には出さなかった。

「もちろん、我々の側からも案は出すから、君に一任するというわけじゃないんだが……良いアイデアを出してくれればもちろん採用される。どうだろう？　この機会に、君の『理想の妹』を、SGOに登場させてはみないか？」

楽しげに語る玲の言葉に、圭太は考え込む。

（理想の妹、か……）

なんとなく思い出したのは、今日の、そしてこの前の、初葉の姿。

『お、お兄ちゃん……！』

普段教室で接する彼女とは違う、恥ずかしそうな……そして、甘えるような表情。それを思い返すと、圭太はなんだか、自分の中に、今までに感じたことのない気持ちが芽生える気がする。

それは『兄』としての庇護欲みたいなものなのか、それとも――。

（って、違う違う!! 兄とか妹っていうのはあくまでバイトでの話で!! 俺と片瀬は、ただのクラスメイトなんだって!!）

危ない危ない、と、圭太は首を振って、危険な妄想を振り払うのだった――。

第三章　俺の幼馴染がこんなに妹なわけがない

圭太が『レンタルお兄ちゃん』のバイトを始めてから、一週間が過ぎた。

……のだが。お客さんという名の妹がやってきたのは、最初の二日間、初葉一人だけ。

それ以降は宗教の勧誘すら寄りつかず、圭太はバイトの時間を、フリクエ周回したりイベクエ周回したりたまにガチャを回したりして過ごした。あとは時々お兄ちゃんの研修。


(バイトとは)


そんなことを考えながら、圭太は今日も、朝の通学路を歩く。

──と。道の少し先。同じように学校へ向かう生徒達の中に、初葉の後ろ姿を見付けた。

友達と数人で連れ立って、楽しそうに笑いながら歩くその姿を、しばし眺める。

話しかければ、きっと応えてはくれるのだと思う。……多分。さすがにそこは大丈夫だと信じたい。

ただ問題は、周りに初葉の友達や、他の生徒がいることだった。

圭太が初葉に声を掛けたりしたら、当然周りは「なんだろう」と思うわけで。お互いに『バイト』の件を知られるわけにはいかない手前、変に目立つのは避けたい。

とはいえ、露骨に無視するのも、それはそれでコミュ障的に勇気のいることだった。

なので、圭太は意図的に歩く速度を遅くし、初葉がこちらに気付く前にそれとなく距離を離す。

（……このぐらい離れればいいか）

既に、初葉の姿は見えない。先に校舎に入ってしまったのだろう。

ひとまず安堵して、少し足を速める。必要以上に遅く歩いていたので、何気にＨＲの時間が迫っているのだ。

——が。

校門が見えるところまで来て、圭太は足を止めた。

門の前で、風紀委員の腕章をつけた集団が生徒達を呼び止めている。ぬきうちの身だしなみ検査だ。

（やっべ……！）

慌てて、圭太は来た道を引き返す。
風紀委員がいるなら、絶対に『彼女』も来ているはずだ。見付かるわけにはいかない。
最悪遅刻してもいいから、時間ぎりぎりまでどこかで時間を潰して――。

「――真島くん！　どこに行くのですか⁉　そちらは通学路ではありませんよ！」

背後から呼び止める、聞き慣れた声。
そのまま逃げてしまえば良かったのに、圭太は反射的に動きを止めてしまった。
すぐに後ろから足音が近付いてきて、細い指が、圭太の腕をしっかりと掴む。
「おはようございます、真島くん」
圭太を捕まえたまま、そう言ってにこりと笑ったのは、黒髪ロングが美しい美少女。
早川仁奈。風紀委員に所属する、隣のクラスの女子生徒。
そして――圭太の、子供の頃からの幼馴染。

「お、おう……おはよう、早川」

「はい。それで真島くん。急に踵を返して、一体どちらに？」

「いやその……ちょっと忘れ物を……」

「今から取りに戻っていては始業時間に間に合いませんよ。忘れ物はよくありませんが、遅刻はもっとよくありません。今日のところは諦めてください。忘れたものは私が貸して差し上げますから」

「い、いや……それは無理だから、どうしても取りに戻らないと……」

「どうしてです？　何を忘れたんですか？」

「ええと……そ、そう！　体操着！　体操着を忘れたんだよ！　な!?　早川に借りるわけにいかないだろ！」

「問題ありません。貸して差し上げますから」

「マジで!?」

「ですが、真島くんのクラスは、今日は体育の授業はないはずですよね」

「うぐ……」

あっさりと嘘を看破され、呻き声しか出ない。

「何も忘れていないのなら、なおさら遅刻は看過できません。行きますよ、真島くん」

「わ、わかった。ちゃんと行くから、せめて離してくれって……お、おい？　早川？」

　圭太の言葉を無視し、仁奈は圭太の腕を掴んだままずんずんと校門へ。そのまま、居並ぶ風紀委員の前を素通りし、圭太を引きずって校舎へ向かう。

「お、おい!?　どこ行くんだよ!?　なんで俺だけ連れてかれてるんだ!?」

「真島くんは要注意人物ですから。今から風紀委員会室で、特別に身体検査をします」

「俺が何をしたって言うんだ!?」

　心の底から訴えるけれど、仁奈は圭太を解放しようとしない。

　そのまま、圭太は仁奈に引っ張られて、風紀委員の委員会室の前までやってきた。

「失礼します」

「は、早川さん!?　どうしましたか!?　今は校門前で取り締まりの最中では……!?」

　室内で書類をまとめていたらしい眼鏡の女子生徒が、弾かれたように立ち上がる。そのまま敬礼でもしそうな勢いだ。

「ええ、少し問題が生じて……申し訳ないのですが、しばらくこの部屋を使わせていただけないでしょうか？」

「わかりました！　では、ここはお任せします」

　きっちり九十度の角度でお辞儀して、眼鏡の生徒が部屋を出て行く。

（……あの人、風紀委員長じゃなかったか？）

つまり三年生、圭太や仁奈の先輩である。その先輩にあんな態度を取らせる、早川仁奈とは一体……。

「さて。では真島くん。服を脱いで、そこに立ってください」

「いやなんでだよ⁉」

「問題ありません。ドアには鍵を掛けてありますから」

「逆に不安しかねえ⁉」

思わず後ずさりする圭太を、仁奈が冷静に見据える。

「身体検査をすると言ったではありませんか。おかしなものを持っていないか調べるためです。それだけです。服を脱ぐと言っても、決していかがわしい意味はありません。断じてありません。断じてです」

「いや、そんなことはわかってるけど、なんか早川に言われると謎の威圧感が……ちょっ⁉　待った待った‼　脱がすなって‼　自分で脱げる、脱ぐから‼」

制服のボタンに手を掛けられ、慌ててその手を振り払う。

「……脱いだぞ」

言われたとおり、上着を脱いでシャツだけになる。

仁奈は、そんな圭太をじっと見て。

「不十分です、シャツも脱いでください。それから下も」

「さすがにそれは断る!!」

「むう……仕方ないですね。ではそのままで構いません」

特別に許します、みたいな口調で言われ、ため息を吐き出す。

「では検査を始めます。私が『いい』と言うまで、そこでじっとしていてください」

「了解です……」

投げやりに頷いた、その矢先。


ぎゅ、と柔らかいものにくっつかれて、圭太は一瞬フリーズした。


(…………？)

なんぞ、と視線を下へ。

目に入ったのは黒く綺麗な長い髪。それから、自分に抱き付く少女の細い腕。

「——は、早川!?　ななな、何してんだよ!?」

「で、ですから！　身体検査です！　ふ、服の下に何か隠していないか、こうして触って確認しているんですっ！」

「いや、けど！　だからって抱き付くこと――!?」

「だ、抱き付いているわけではありません！　ただ、腕を伸ばして、背中に触れているだけです！　抱き付いているわけではありません！」

そうなのだろうか。なんか、胴の当たりを思い切り締め付けられてる気がするのだけれど。胸と胸が、完全に密着してしまっている気がするのだけれど。

「…………すー……すはー……」

「早川さん!?　なんか鼻息みたいなの聞こえるんですけど!?」

「に、匂い！　匂いを確かめているのです！　怪しい物を持ち込んでいないか、五感の全てを使って検査しているだけです！　他意はありません！」

「え、えええ……!?」

普通だったら変態の言い訳にしか聞こえないが、仁奈が言うなら、「そういうこともあるかもしれない」と思えてくるからすごい。

上品な話しぶり。たおやかな仕草。つややかな黒髪も相まって、仁奈の外見はいかにも大和撫子、という風だ。

が、その実態は生徒はおろか教師すらも恐れる鬼の風紀委員。ひとたび彼女が指導すれば、金髪ギャルも三つ編み眼鏡の文学少女に変貌するともっぱらの噂である。

そして、そんな彼女がことのほか目をつけているのが、誰あろう、幼馴染である圭太だった。

仁奈はとにかく圭太に厳しい。クラスが違うのに毎日のように様子を見にやってくるし、それ以外でも、見かけると何かと声を掛けてくるのだ。

別に、圭太が何かやらかしたとか、そういうことでは断じてない。

ただ、これにはやむにやまれぬ事情があって――。

「ふう……。堪能し――いえ！　確認が取れました。今日は何も、いかがわしいものは持ってきていないようですね」

「今日はも何も、持ち込んだことなんか一日もないって……」

「さて、次はカバンですね」

ささやかな抗議はあっさりとスルーされ、仁奈は今度は、圭太のカバンを手に取る。「開けていいですか？」の一言もなく、容赦なく開帳される私物達。

（まあ、今さらだし……見られて困る物も別に持ってきてな――）

Sun
sun
sun

──そこで、圭太は思い出した。

バイト先で、玲にお兄ちゃんマニュアルなるものを渡されたことを。『毎回持ってくるように』と言われ、忘れないようカバンに入れておいたことを──。


「ちょっと待ったー！！！」

「きゃっ……!?」

大慌てで、仁奈の手からカバンを奪取。

仁奈は一瞬、圭太の剣幕に驚いたように目を丸くしたが──すぐに、「怪しい」と言わんばかりに目を光らせた。

「……真島くん？　どうして隠すんですか？　何か、見られて困る物でも入っているんですか？」

「い、いや、そういうわけじゃ……」

「入っているんですね!?」

「聞けよ!?」

ずずい、とカバンに手を伸ばしてくる仁奈。取られるわけにはいかないと、圭太は腕を突っ張って必死に押しとどめる。

「ど、どうして見せてくれないんですか……⁉　今までは、私に何もかも曝け出してくれていたのに……！」

「いや、早川が勝手に開けてただけだろ⁉」

「だ、大体、真島くんは性欲が強すぎるんです！」

「突然どうした⁉」

「だって、そんなに必死で隠すということは、いかがわしいものなのでしょう……⁉」

「違うって‼　決めつけるなよ‼」

戸惑う圭太には答えず、仁奈は悔しげに「うぅ……！」と唇を噛んだ。心なしか涙目で。

話がさっぱり見えない。

見えないけど、なんかやばい状況なことだけはものすごく伝わる。

――その時、校舎内に予鈴が鳴り響いた。まさに天の助け。

「あ！　た、大変だぞ早川！　もう行かないと遅刻になる！　風紀委員が遅刻するわけにはいかないよな！　じゃあ俺は行くから‼」

「あ……！　ちょっと、真島くん⁉」

言うが早いか、圭太はカバンと上着を引っつかんで部屋を飛び出した。背後から仁奈の声が聞こえるけれど、聞こえないフリをしてダッシュする。

そのまま一目散に教室まで走り、自分の席に着いたのは本鈴ギリギリだった。

「おう、お帰り真島」

「聞いたぞー。まーた早川さんと一緒だったんだってな」

「風紀委員室で何してんだよこの野郎」

「羨ましい。死ね。羨ま死ね」

「お前らな……」

ほうほうの体で戻ってきた圭太を、友人達の生ぬるい視線が出迎える。

……圭太にとっては全く意味がわからないのだが、同級生からすると、仁奈が圭太に絡むのは、『二人がそれだけ仲がいいから』ということになっているらしい。

風紀委員に目をつけられている、と思われないで済むのは助かるけれど、仁奈のあの鬼のような態度のどこを見たらそんな発想になるのか、不思議で仕方ない。


(……昔はあんなじゃなかったのにな)


圭太と仁奈が初めて会ったのは、まだお互いに小さい頃。

当時の仁奈は、もっと大人しくて、引っ込み思案で。何をするにも圭太と一緒じゃなければ嫌がって、それこそ妹みたいに、後をついてきたものだった。

圭太が遠方に引っ越したことで、一時期は連絡を取ることもなくなっていたのだが、去年、受験のためにこの高校を訪れた際、偶然にも再会することになる。

『もしかして……真島圭太くん、ですか？』

声を掛けられたときは驚いた。別れてから随分時間が経っていたのもあるが、成長した仁奈が、びっくりするくらい美少女になっていたから。

そして——びっくりするくらい、生真面目で圧の強い優等生に育っていたから。

それでも、仲が良かったのは事実だったから、圭太は素直に再会を喜んだ。両親にも久しぶりに会いたいからと、家に行きたいと言われたときも、ちょっと緊張しつつも頷いて。

しかし、それがとんでもない間違いだったことを、圭太は後に知ることになる。

家にやってきた仁奈は、目的だったはずの両親への挨拶もそこそこに圭太の部屋へ突撃。

そして、部屋の本棚に並んでいた漫画やラノベ——それもちょっとエッチなやつ——を確認するや、涙目でこう叫んだ。

『真島くんのエッチ！！！　浮気者！！！』

エッチはともかく、『浮気者』と言われた理由は今でもよくわからないが……要は『不健全だ！』みたいなことが言いたかったのだと思う。

（いつになったら許してもらえんだろ、俺……）

ＨＲが始まる中、圭太は朝から一人、重たいため息を吐き出すのだった。

「真島くん。君が頑張ってくれていることは私もよく理解している。そんな君に、こんな残酷なことを言いたくはないんだが……残念なことに、今日も妹様がやってくる気配が微塵もない」

「いや、今日はっていうか、昨日もでしたよね」

深刻な顔で告げる玲に、ツッコミを返す。

「中々上手くいかないものだな。ネットの広告費もかなりの額を当てているんだが」

「最近しょっちゅう出てくる広告はそれか……」

「しかし腐ってはいけないぞ真島くん。何事も地道な宣伝からだ。……というわけで」

一旦言葉を切ると、玲は部屋の隅からよいしょよいしょと段ボール箱を引きずってきた。

……とても嫌な予感。

「主任、それは？」

「宣伝用のティッシュだ。君には今からこれを配ってきてもらいたい」

「マジですか……」

ぱこ、と箱を開ける玲。言葉通り、中には大量のティッシュが詰まっていた。しかものがティッシュだからか、持ってみると案外軽い。

「ついでに適当な幼女を捕まえてお兄ちゃんのデモンストレーションをしてくるといい。実演販売だ」

「捕まるに決まってんだろ！」

などというやり取りをしながら、半ば追い出される形で店を出る。

（…………仕方ない）

このまま扉の前で突っ立っているわけにもいかず、圭太はのろのろと歩き出した。向かったのは近くの大通り。

「す、すみませーん……ティッシュ要りませんかー……？」

邪魔にならないよう道の端に段ボールを置き、とりあえずティッシュを両手に持つ。

が、受け取ってくれる人はおろか、こちらに視線を寄越す人すら皆無だった。ティッシュ配りではよくあること。

（つーか、そもそも物が悪いんだっての……なんだよ『お兄ちゃん始めました』って）

ティッシュ裏にプリントされた宣伝文句を見下ろして、特大のため息を一つ。ピンクの背景に黄色の文字が躍るその様は、まるでいかがわしいお店の広告だった。

（こんなの早川辺りに知られたら絶対まずいよな……今朝も結構危なかったし）

あの時は強引に逃げてきたけれど、果たして、あれで本当に誤魔化せたかどうか、正直自信がない。

何しろ、相手はあの早川仁奈だ。ただでさえ風紀委員として辣腕を振るっている上、幼馴染の圭太に対してはことのほか厳しいと来ている。きっと明日辺り、校門で圭太が登校してくるのを待ち構えてまた追及してくるだろう。

そう考えると、放課後、何事もなく学校を出られたのがいっそ不思議なくらい――。

「――すみません。ティッシュ、一ついただけますか？」

「あ……！　は、はい！　どうぞ！」

ドキッとした。さっきまで仁奈のことを考えていたせいか、背後から聞こえたその声が一瞬、彼女のものに思えてしまったのだ。

（はー、焦った……けど、実際あいつにこんなとこ見られたらそれこそ終わりだよな……なんせ『お兄ちゃん始めました』だし……）

そんなことを考えながら、振り返ってティッシュを差し出す。

瞬間、圭太は硬直した。

「どうも」と言ってティッシュを受け取ったその相手が、問題の幼馴染と全く同じ顔をしていたから。

（…………………ハハハ、やばいな俺疲れてるのかな？　なんか目の前に早川が立ってるように見えるぞ？　おまけに俺が差し出した『お兄ちゃん始めました』のティッシュをじっと見つめてる気がするぞ？）

心臓バクバク、冷や汗ダラダラの状態で、そんなことを思う。

次の瞬間、目の前の仁奈（幻）（仮）が、顔を上げてにっこりと笑った。それはもう、心臓止まるかと思うような満面の笑みで。

「真島くん……一体これはどういうことか、もちろん、説明していただけますよね？」

——数分後。

圭太は仁奈を連れ（……というかむしろ連れられ）、店のある雑居ビルまで戻ってきていた。

「なるほど……ここに真島くんを誑かした泥棒猫がいるわけですね」

「いや泥棒猫ってお前……。って、お、おい！　勝手に行くなよ！」

止めようとする圭太を置いて、仁奈はずんずんとビルの中へ入っていってしまう。

「失礼します!!」

「ん？」

『バーン！』と乱暴に扉を打ち開け、店内へ足を踏み入れる仁奈。中でパソコンを弄っていた玲が、なんだなんだとこちらを見る。

「おお。すごいじゃないか真島くん。こんな短期間で本当に新規の妹様を見つけてくるとは。さすが第一お兄ちゃん、私が見込んだだけのことはある」

「い、いや主任……そいつは客じゃなくて――」

「真島くんは少し黙っていてください。そこから先は、私が自分で説明します」

訳を話そうとする圭太を遮って、仁奈がずずい！　と前に出た。

「初めまして。私、真島くんの幼馴染の、早川仁奈と申します」

「真島くんの？」

確認するように、玲が圭太を見る。圭太は頷き返し、ついでに、「こいつ風紀委員でめっちゃ厳しくて！　こんなとこでこんなバイトしてるなんてバレたらやばいんです！」と必死にアイコンタクトを送る。

「なるほど。初めまして、早川さん。私はこの店の責任者をしている、野中というものだ」

「では野中さん、率直に申し上げます。真島くんに、ここでのアルバイトを止めさせてください」

「ふむ……それは何故？」

「不適切だからです！　職業に優劣をつけるつもりはありませんが、こんなアルバイトは、高校生がするべきものではありません！　同じ学校に通う風紀委員としても、彼の幼馴染としても、許すわけには参りません！」

「何を言う。不適切なものか。早川さん、君は何か誤解をしている」

「何が誤解ですか⁉　だって、レンタル！　レンタルですよ⁉　真島くんが、どこの馬の骨とも知れない不埒女に貸し出されて、あんなことやこんなことをさせられてしまうなんて、絶対に絶対に許せませんっっ！！！」

「いやあの、早川……？」

「そこだ」

何やら興奮し始める仁奈に、ピッ、と、玲が指を突き付ける。虚を突かれたのか、仁奈は言葉を止め、パチパチと瞬きをした。

「え？　な、なんですか……？」

「うむ。早川さん、君は、真島くんがいかがわしいことをさせられると誤解しているようだが、実際は違う。何故なら、我が社のサービスはただの『レンタル』ではない……『レンタルお兄ちゃん』だからだ」

「は？」みたいな顔で、仁奈が玲を見た。圭太も、「は？」と思いながら玲を見る。

「い、意味がわかりません！　お兄ちゃんだから、何が違うというのですか⁉　結局、やることは変わらないではありませんか！」

「そんなことはない。常識的に考えてみてくれ。たとえば、男と女が抱き合っているとする。どう思う？」

「いかがわしいです！　不健全です！　即刻引き離すべきです!!」

「その二人が、実は兄妹だったら？　やはり不健全だろうか」

「え……？　そ、それは……不健全、とまでは言えないのではないかと……。兄妹ですし」

「そう。その通りだ早川さん。我が『レンタルお兄ちゃんサービス』にも、これと同じことが言える。たとえ二人が抱き合っていようと、同じベッドで寝ていようと、よしんば一緒にお風呂に入って背中流しっこをしていようとも、兄妹なのだから全くいかがわしくはない。実に健全な行いだ」

「そ、そんな……詭弁です!!　兄妹だなんていっても、結局バイトの上でのことで――」

猛反発していた仁奈が、そこでふと、不自然に動きを止めた。まるで何かに気付いたかのように。

「……兄妹であれば、いかがわしくはない？」

「ああ、そうだ」

「……どんなにイチャイチャしていても？」

「その通りだとも」

「そ、それはつまり……普通の高校生の男女がすれば不健全なことでも、兄と妹になれば、なんの問題もなくなると……？」

「そうだ。この私が保証しよう。真島くん、君もそう思うだろう？」

「俺ぇ⁉」

何故この流れでこちらに話を振るのか。

「ど、どうなんですか真島くん⁉」

「い、いや、そんなことを急に聞かれても……」

「どうしてそこで口ごもる。それとも何か？　君は兄として妹を愛し慈しむ行いが不健全なものであるとでも思うのか？」

「そんなわけないじゃないですか‼　兄が妹を大切に思うのは全く自然な感情です‼　むしろ尊い‼」

「尊い……」

圭太の言葉を受けて、仁奈がぽつりとそう呟く。

ハッとした。ついうっかり本音をぶっちゃけてしまったが、非オタの仁奈の前でこんなことを言おうものなら、間違いなく変な目で見られるに決まっている。

「い、いや早川！　今のは決して近親相姦的な意味じゃなくて、ただ単に『仲のいい兄妹って素敵だよね』ぐらいの気持ちでだな……！」

「あ、あの……！　その『レンタルお兄ちゃん』は、高校生でも、利用できるものなのでしょうか⁉」

「――は⁉」

一瞬、仁奈が何を言い出したのかわからず、頭が真っ白になる。

「い、いや、早川⁉　お前何言い出してるんだよ⁉」

「ご、誤解しないでください！　何事も、実態も知らずに批判ばかりするべきではありませんから！　そう！　それだけです！　断じて、興味があるわけではありません！　断じて‼　……そ、それで⁉　高校生は利用可でしょうか⁉」

「もちろんだとも。『レンタルお兄ちゃん』は極めて健全なサービスだからな。高校生はもちろん、小学生から利用ＯＫだ」

「ホントに逮捕されるぞアンタ‼」

圭太が叫んだ陰で、仁奈が「やった‼」とガッツポーズをした……ような気がした。もちろん、仁奈がこんなサービスで喜ぶわけがないので、錯覚だと思うけれども。

「では早速こちらのメニューからコースを選んでくれ。こっちは有料オプションのメニューになる」

「ありがとうございます！　では早速、拝見しますね！」

不思議だ。メニューを受け取る仁奈が、何故か見たこともないほど嬉しそうに見える。

どうやら自分は、あまりのプレッシャーに幻覚を見ているらしい。

（な、なんでこんなことに……）

答えはもちろん、どこからも返ってこなかった。

「そ、それでは！　よろしくお願いしますね、真島くん！」

「ええと、こちらこそ……」

いつになくやる気満々の仁奈にやや気圧されつつ、頷く。

やってきたのは先日の『お兄ちゃんのお部屋』のさらに上階。『リビングくつろぎコース』用の部屋である。

名前の通り内装はリビング風になっていて、ソファやテレビなどが置かれている他、奥の方にはキッチンも見える。玲曰く、部屋名は『二人のためのリビング』とのこと。

そのソファに、圭太と仁奈は並んで腰を下ろしていた。

一応、もうレンタルは始まっているのだけれど、相手が仁奈だと、初葉以上にどう対応していいかわからない。下手なことを言おうものなら、『アウト！』宣告と共に強烈なタイキックをお見舞いされる……そんな緊張感に囚われる。

——と。

（……ん？）

何やら耳元が騒がしいような気がして、首を捻る。これは風の音……いや、鼻息？

「ハア……ハア……ハアハア……！」

「うおっ⁉　は、早川？」

「ハッ！　す、すみません私としたことが興奮——いえ！　緊張してしまって！」

何故か、異様な近さで圭太の顔を覗き込んできていた仁奈が、そんな言葉と共にそそくさと離れていく。

「コホン！　そ、それで、兄妹になるということですが、具体的にはどこまでしてい——いえ！　どのようなことをすればいいのでしょうか⁉」

「えっと、そうだな……早川には、何か希望はあるのか？」

「そんな希望なんてありすぎてとても決められな——ゴッホン‼　いいえ私はこういった

ことはよくわからないので‼　真島くんにお任せします‼」

「そ、そうか。そうだよな……」

　その割にやたら元気がいいのが気になるが、まあ仁奈のことだから、本当に緊張しているだけだろう。

　すると、やり取りを聞いていた玲が「そういうことなら」と、また新しいメニューを持ってやってきた……やっぱり嫌な予感。

「主任、それは一体……」

「いや何、やってくる妹様の誰もが、兄妹的なシチュエーションに詳しいわけではないだろう？　なのでそういった妹様のために、こちらで『キャラ属性』と『シチュエーション』を組み合わせたセットメニューを用意してみた。迷うのならこの中から選んでみてはどうだろう」

「なるほど！　それは気になりますね！　拝見します！」

「ちなみにこの『お兄様セット』なんか真島くんの好みに適うと思うが」

「ちょっ⁉　何勝手に――」

「ではそれで！！！」

「早川っ⁉」

「勘違いしないでくださいね！　初めて来たお店ではやはり店員さんのオススメを選ぶのがセオリーですから!!　それだけのことですから!!　特別な意図は何もありません何も!!」

らんらんと目を輝かせ、異様に鼻息を荒くしながら、仁奈が言う。傍から見たら変質者が興奮しているようにしか見えないが、仁奈のことだから、きっと何か深い考えがあるのだろう。俺の幼馴染がそんなヘンタイなわけがない。

「で、では、早速呼ばせていただきますね……！　コホン……お、『お兄様』……？」

いかにもお嬢様然とした仁奈の雰囲気に、その呼び方は思いの外映えて、圭太は自分でも驚くほどドキッとした。

囁くように、穏やかな声で仁奈が口にする。

「あ、ああ……なんだ？　早か――」

言いかけて、この間の初葉とのやり取りを思い出す。そう、今の圭太は仁奈の幼馴染ではなくお兄ちゃん。なら、呼ぶべきは名字ではなく。

「お兄様？」

「いや、ごめん。それで、どうしたんだ……ええと、仁奈」

「コフッ――!?」

瞬間、仁奈が吐血した。

いや、本当に血を吐いたわけではないが、吐血したとしか思えないようなリアクションで、床にぶっ倒れた。

「は、早川⁉　おいどうしたんだよ⁉　しっかりしろ！」

「は、はあっ……息が……！　かふ……っ！」

苦しげに胸を押さえながら、仁奈は小刻みに体を痙攣させる。どこからどう見てもヤバイ絵面だった。

「しゅ、主任救急車！　救急車を早く！」

「落ち着くんだ真島くん。お兄ちゃんは狼狽えない」

「いや落ち着けるわけないでしょうこの状況で⁉」

「さあ、気を静めるんだ妹様。呼吸を楽に……ひっひっふー。ひっひっふー」

ピクピク震える仁奈の横に屈み込み、玲がラマーズ法を指導する。

まさかそれが功を奏したわけではなかっただろうが、ほどなくして、仁奈も落ち着きを取り戻していった。

「は、早川……？」

「すみません、真島くん。驚かせてしまって……でも、もう大丈夫ですから」

むくり、と起き上がって、仁奈は何事もなかったかのように、優雅にソファに腰を下ろす。

「ごめんなさい……私としたことが、少々取り乱してしまいました」

「取り乱したってレベルじゃなかったぞあれ……」

どちらかというと、毒を盛られた人が苦しみにのたうち回っているようにしか見えなかったが。

「なあ、本当に大丈夫か？　体調悪いとかなら、今日はもう帰って――」

「そんな!!　帰るなんてとんでもありません!!　こんな素晴らし――ゴホン！　ま、まだ最後まで体験していませんから！　中途半端なところで投げ出しては、風紀委員としての立場にも関わります！」

「いや、こんなことで風紀委員の立場とか持ち出されても……」

「とにかく！　続きをしましょう！　さあ！　さあ早く！」

巽様にやる気を張らせる仁奈に押され、圭太は再びソファへと座らされる。続いて、仁奈も早速とばかりに隣へ。さっき、仁奈が倒れる前と全く同じ体勢だ。

「お兄様……今日も一日、お疲れ様でした。いま、お茶をお淹れしますね」

「い、いや……そんな、気を遣わなくていいって……」

「遠慮なさらないでください。では、少し失礼しますね」

すっと立ち上がり、仁奈は奥のキッチンへ向かった。どうやらポットやお茶の葉などの小道具もしっかり用意してあるらしく、支度をしている音が聞こえる。

「お待たせしました。どうぞ、お兄様」

「あ、ありがとう……ええと、いつも悪いな」

「いいえ。こうしてお兄様のお世話をするのが、私の喜びですから」

早速『妹』になりきっている様子で、仁奈がしとやかに微笑む。さすがは優等生というべきか、不自然なところのない完璧な演技だ。

ちなみにメニューによると、この『お兄様コース』の設定は、『兄へ恋心を抱くお嬢様系妹と、そんな妹の気持ちに気付きながらも兄妹であるが故に知らない振りを続ける兄の切なくも激しい禁断のラブロマンス』、らしい。

兄妹ものとしてはお馴染みの設定だが、何しろ相手があの仁奈なので、圭太は内心気が気じゃなかった。今は普通に『妹』になりきっているけれど、終わった瞬間「不道徳です！」とかお説教される可能性も大いにある。

「お兄様……？　どうか致しましたか？」

「い、いや、なんでもないよ」

気遣わしげに覗き込んでくる仁奈。内心を気取られまいと、圭太は少し体を離す。

だが——どういうわけか、仁奈はさらに追いすがってきた。

「いいえ……最近のお兄様は、昔とは変わりました。私のことを、避けてらっしゃいます」

「そ、それは……」

ドキリとした。演技の上のことだとわかってはいたけれど、なんだか、実際の自分達の関係について言われたような気がしたのだ。

「やはり……あのことが理由ですか」

「あ、あのこと……？」

「私が……お兄様のお部屋で、あの本を見付けてしまったから……。『可愛ければ妹でも好きになってくれますか？』という、あのライトノベルを……」

「げふっ——!?」

気を落ち着けようと口をつけたコーヒーが、思い切り気管に入る。

何故ってそのラノベは、かつて圭太が仁奈に見られてしまった、あのちょいエロラブコメだったから。

「い、いや早か——に、仁奈？　一体何を言って……」

「違うんですお兄様！　私はお兄様のことを怒っているわけではなく……ただ、羨ましかっただけなのです！」

戸惑う圭太を置いてけぼりにして、仁奈の演技はますます熱を帯びていく。

「私がこんなにも想っているのに、お兄様は私ではなく、生身でもない紙の上のイラストに劣情を向けている……そのことが、私は悔しくて、悲しくて……ただ、それだけだったんです！」

「いやそれだと俺がなんか特殊な性癖の持ち主みたいに聞こえるから！　違うぞ⁉　マジで違うからな⁉」

「もう誤魔化さないでください！　たとえお兄様がいかなる性癖を持っていようと、私は決して否定したりなど致しません！」

「いやだから‼」

「ただ……それを他の誰かではなく、私にぶつけてほしいだけなんです‼」

仁奈の声の高ぶりが頂点に達し。ほぼ同時に、彼女の手が圭太の手を強く握り締める。

そして、そのままぐいっと手を引かれ。

気付いたときには、手のひらが、柔らかな何かに埋められていた。

何かというか。

仁奈の胸に。

（……………Ｗｈａｔ，ｓ？）

動揺のあまり、リアクションが欧米人みたいになる。

手のひらに、ふにふにと心地よい感触。なんかもう無限に揉んでいられる。快楽物質とか超出そう。アルファ波とかも出そう。

「いや、は、早川……!?」

「そのような他人行儀な呼び方は悲しく思います……どうか昔のように仁奈と呼んでください、お兄様……」

「いや、あの、仁奈、手！　手が!!」

「……おいや、ですか？」

ぎゅっと、さらに押し付けられる手。どこまでも沈んでいきそうな柔らかさがさらに強く感じられて、脳が溶けるんじゃないかと思う。

「いいいいい、いやとか嫌じゃないとかいう問題ではなく……!!　そ、そう!!　俺達は兄妹!!　兄妹だから!!」

「ですが、お兄様がお読みになっていたあの本は、兄妹が愛し合い結婚する物語でした
……それがお兄様の望みなら、私が叶えて差し上げます。私は……お兄様の、未来の伴侶
ですから」
潤んだ瞳で、頬を紅潮させ、仁奈が真っ直ぐに圭太を見つめる。
「だから、お願いです……どうかもう、隠さずに、お兄様のお気持ちを聞かせてください
……。もしも、私を受け入れてくださるなら……どうかこの体を、お兄様の好きなように
……」
圭太の手を胸に押し当てたまま、仁奈がわずかに身を乗り出す。
間近に迫る眼差しは、演技とは思えないほどに切なげで、真に迫っていて。
頭ではわかっているのに、圭太は錯覚を起こしてしまいそうになる。
まるで、自分達が本当に兄妹だったかのような。
そして自分は、ずっと前から、この妹を愛していたような──。
「に、仁奈……」

「お兄様――」

いつしか、仁奈は圭太のすぐ目の前にまで距離を詰めてきていた。可憐なその唇が、ゆっくりと近付いてきて――。


――次の瞬間、セットされていたアラームが鳴り響いた。

レンタル時間、終了のお知らせである。


「……延長を!!　延長を要求しますっ!!」

「早川!?　何言ってるんだお前!?」

「だってここからがいいところ――ゴホン！　い、一度始めたからには、最後までやり遂げるのが私の信条ですので！　ここで終わるわけにはいきません!!　ですからどうか延長をっ!!　お金ならお支払いします!!」

「せっかく楽しんでくれているところ非常に残念なんだが、今日はもう店じまいなんだ。延長は受け付けられない。また改めて来てくれ」

がっくりと、仁奈は床に崩れ落ちた。まるでこの世の終わりが来たかのような落ち込みようである。

「そんな……こんな、こんな中途半端なところで……」

「そうがっかりしないでくれ。この店もお兄ちゃんも消えてなくなるわけじゃないんだ。この続きはぜひ、次回に楽しんでほしい。また来てくれるのを待っている」

「はい、ぜひ！」

「〝ぜひ〟ってお前⁉　また来る気か⁉」

「と、当然です！　私には、幼馴染の風紀委員として、真島くんが道を踏み外さないか見張っている義務がありますから！」

「いや、けどお前、俺がここでバイトするの反対してたじゃないか……」

「そ、それは、ですね……！」

　圭太が指摘すると、仁奈はなんだかわざとらしく咳払いを繰り返した。

「あ、あの時は、まだ、ここでのお仕事に対して少し誤解がありましたから。ですが、私自身、実際に体験してみて、野中さんの仰ることがよく理解できました。風紀委員として、このお店でのアルバイトを認めましょう」

「マジか……」

　まさかの公認宣言である。それでいいのか、風紀委員。

「ただし！　監視はさせてもらいますから！　真島くんがきちんとやれているかどうか、

これからは私も、定期的にこちらのお店に来て確認させていただきます！」

「は……!?」

「当然です！　私は真島くんの幼馴染ですから！　真島くんが他の女に手を出されな――人様に迷惑を掛けないよう、見張る義務があります！」

「お前の中の俺はどんだけ信用ないんだよ……」

「そ、そんなに落ち込んだ顔をしないでください！　わ、私だって、真島くんがそんな人だとは思っていません！　ですが、人間は、誘惑には弱いものですから！　真島くんが悪魔の囁きに負けないよう、そばで見ていてあげるというだけです!!」

　圭太が傷付いた顔をしたせいか、いつになく必死な様子で、仁奈が言う。

　その言葉に、少しだけほっとした。いつぞやラノベを見られて以来、彼女には嫌われているものだとばかり思っていたけれど、どうやら、完全に愛想を尽かされたわけではないらしい。

「ではこちらの契約書にサインを、妹様。ここに名前さえ書いていただければ、晴れて兄妹契約成立。真島くんはあなたのお兄ちゃんです」

「なるほど、拝見します！　……この、『ポイントカード利用規約』というのは？」

「当店ではポイントサービスを実施しておりまして。一レンタルごとに一ポイント、ポイント数に応じて様々な特典をご用意しております。こちらも基本無料となっておりますので、お名前とお電話番号をいただければすぐにお作りできますが」

「ぜひお願いします！」

「作るのかよ」

どうやら本当に、仁奈はまた来る気満々らしかった。いくら風紀委員だからって、ちょっと真面目が過ぎやしないだろうか。

「それでは、今日のところは帰ります。本当は一緒に帰――ゲフン！　真島くんが寄り道をしないか見届けたいところですが、私にも門限がありますので」

「ああ。気を付けてな」

自然と、そんな言葉が口を突いて出ていた。仁奈が、少し驚いた顔をする。

圭太自身も、驚いていた。今までずっと、仁奈を前にすると気後れしてしまって、昔ほど気さくに話せなくなっていたから。

今日の、このバイトのおかげかもしれない。また、昔のように声を掛けられるようになったのは。

「……はい。真島くんも、気を付けて。寄り道なんてしてはだめですよ、いいですね」

まるで母親のようなことを口にして、仁奈が店を出て行く。

その笑顔は、普段よりもずっと柔らかで――まるで、子供の頃に戻ったかのようだった。

「――ただいま戻りました」

アルバイト先で圭太と別れた後。帰宅した仁奈は、その足ですぐ、二階の自室へと向かった。

両親は今日、二人でオペラの鑑賞に出掛けていて、遅くまで帰ってこない。兄弟もいないから、家には仁奈一人だけだ。さっきの挨拶は、単に習慣のようなものである。

部屋に入り、扉を閉めて鍵を掛ける。

瞬間――凜々しく引き締まっていた仁奈の顔が、「にへら」と、見る影もなく緩んだ。

「んふふふふ……！　ただいま帰りましたよー、圭太くん!!」

だらしなく笑み崩れた顔で、仁奈が駆け寄っていったのは、壁に張られた特大サイズのポスター。そこに写っているのは、誰あろう、圭太である。

よく見れば、部屋の中にあるのはポスターだけではなかった。机の上に飾られた圭太の写真（隠し撮り）。手作りと思しき圭太そっくりのぬいぐるみ。圭太の顔がプリントされた枕カバー。エトセトラエトセトラ……壁にも床にも天井にも、部屋中のあらゆるところに、無駄にクオリティの高い『圭太グッズ』が溢れている。

それはまるで、熱狂的なアイドルオタクの私室を見るよう。

しかし、圭太は芸能人でもなんでもないただの高校生なので、グッズなんてもの市販されているわけがない。部屋に溢れかえるグッズは全て、仁奈が丹精込めて自作したものだ。

「んふふふふ……圭くん圭くん圭くん……はー、圭くん……」

ぴとっとポスターにくっつき、甘えるように頬をすりすりすり。緩みきった顔とすっかり手慣れた動きは、誰がどう見ても「あ、この子ヤバイ」と悟ってしまうようなアレさで、学校での『早川仁奈』の姿とは似ても似つかない。

思う存分ポスターに頬ずりすると、仁奈は「ふう……」と満足げに息を吐いて、今度はベッドに転がった。

（それにしても……今日は本当に素晴らしい日でした）

枕元のお手製圭太ぬいぐるみを抱き締め、今日の出来事をうっとりと回想する。

最初にバイトの話を聞いた時は、目の前が真っ暗になるような思いだったが——実際に体験した今は、彼を採用してくれた野中主任に金一封を贈りたい思いだ。

『兄妹であればいかがわしくない』。なんて素晴らしい響きだろうか。今までずっと、結婚するまではと思って我慢してきたあんなことやこんなことも、兄妹になってしまえばやりたい放題なのだ。想像しただけで、顔がにやけてしまう。

仁奈の両親は娘に優しかったが、こと、貞操観念についてだけは厳格な考えの持ち主だった。

交際は結婚を前提に。婚前交渉ダメ絶対。

幼い頃から真面目な性質だった仁奈は、両親のその教えを素直に受け入れた。

何事も、結婚するまでは我慢。

だから——幼馴染で、初恋の相手である圭太に対しても、その教えを守って、表立ってアプローチすることはずっと我慢してきた。

（……圭太くん）

壁に貼られた自作ポスターを、幸せな気持ちで見つめる。

まだ交際にこそ至っていないが、既に圭太と仁奈は将来を誓い合った仲である。

忘れもしない幼い頃、『お嫁さんにして？』『いいよ！』と、熱く固い約束を交わしたのだ。圭太はすっかり忘れたような顔をしているけれど、きっと照れ隠しに違いない。

それに……実のところ、仁奈のほうにも、あまりあの頃のことを話したくはない事情があった。圭太は覚えていないようだけれど……あんなことが、あ、あ、あったから。

……だが。ちょっと離ればなれになっているうちに、事態には思わぬ変化が訪れていた。

むくりと起き上がって、本棚から一冊の本を取り出す。

『可愛ければ妹でも好きになってくれますか？』。かつて、仁奈が圭太の部屋で見付けたあのラノベである。

内容は、兄のことが好きで好きで仕方がない妹が、あの手この手で兄に過激なアプローチをしかけてくるというもの。過激な、という部分が売りなだけあって、表紙イラストは半裸のヒロイン。挿絵や口絵も、きわどいものが大半を占めている。

これを見付けた時、仁奈はひどくショックを受けた。

圭太がこんなエッチなものに興味を持っていることに——ではない。

圭太が、エッチなことに対する興味を、自分以外の何かに向けていることに、だ。

仁奈は婚前交渉こそ断固反対派だが、結婚さえしていれば何も問題はないとも思っている。夫の性癖が特殊だというなら、それに応えるのも妻の務め。圭太が求めることであれば、SでもMでも近親相姦でもなんでも受け入れるつもりでいる。むしろバッチ来い。

(なのに……なのに圭太くんはこんな紙っぺらなんかに現を抜かして……！　この表紙の女の子より、私のほうが胸だって大きいではないですか！　あと二年我慢してくれればいくらでも揉ませてあげるのに!!)

しかし、圭太がうっかりこういったものに手を出してしまった気持ちも、わからないではないのだ。

現代の日本の法律では、男は十八、女は十六にならねば結婚できない。必然的に、高校生の間は、婚約者がいても性欲を持て余すことになってしまう。

思春期男子の性欲は獣(けもの)のそれも凌駕(りょうが)すると聞く。卒業まで我慢しろというのは酷(こく)だろう。

（ですが！　今となってはその問題も解決しました！　何しろ私は、結婚まで待たずとも、圭太くんと合法的にイチャイチャできる手段を手に入れたのですから!!　安心してくださいね圭太くん！　もう私達は、何も我慢する必要はありません！　圭太くんの有り余る性欲は、全て、私という『妹』が受け止めてあげますからね!!）

このラノベにだって書いてある。愛さえあれば兄妹でも関係ないと。いやむしろ、兄とは妹と結婚するものなのだと。

（ふふふふ……お兄様……んちゅー！）

幸せの絶頂に浸(ひた)りながら、ポスターの中の圭太、そのほっぺたにキスをする。

その夜、仁奈の部屋からは、いつまでもいつまでも、幸せそうな笑い声が漏(も)れ続けていたという——。

第四章　バイトの後輩は女の子じゃないと思った？

「突然だが真島くん。君に後輩ができることになった」

「本当に突然だなオイ!!」

少しは『お兄ちゃん』にも慣れてきた（それもどうかと思うが）、とある日曜日。圭太が店に顔を出すと、待っていた玲が開口一番そんなことを言い出した。

「後輩って……え？　バイトの、ってことですか？　……募集続けてたんですかまだ」

「当然だろう。いくらなんでも、君一人にばかり任せていては負担が大きすぎるからな」

「それは、まあ……」

何しろ恐怖の週七シフト。日曜の今日すら問答無用で出勤させられている状況だ。負担なんてレベルではない。

「私だって何も最初から君一人に激務を押し付けようと思っていたわけじゃない。例のアンケートの回答者の中から、他に適任者がいないかはずっと探していたんだ。さすがに君ほどの逸材には巡り会えなかったが、見込みのある人物を一人見付けた。先日メールを送ったところだ」

（見付けられちゃったのか……）

気の毒に、また甘い言葉に騙される犠牲者が……と、思ったのも束の間。

「それで、その後輩が今日これからここに来る。先輩お兄ちゃんとしてぜひよろしく指導してやってくれ」

「だから突然にもほどがあるっつんだよ!! 週七で来てんだから言っとけよ事前に!!」

敬語も忘れて叫んだ矢先、ピンポーンとインターホンが鳴った。続いて、「す、すみません……！」と、ひどく緊張したような声が聞こえてくる。

「早速着いたようだな。真島くん、開けてやってくれないか」

「はーい……」

早くもげんなりしながら、ドアを開ける。

同時に、ドアの前に立っていた人物が、驚いたように「ひゃっ……！」と声を上げた。

小柄で可愛らしい顔立ちをした、まるで女の子のような人物だった。

『お兄ちゃん』のバイトに採用されるくらいだから、こんな外見でも男なのだろうけれど

……イメージしていたのと随分違う『後輩』の登場に、圭太はつい、まじまじと観察して

しまう。

「は、初めまして！　き、今日からアルバイトに入ります、妹尾瑞希と言います！　よろしくお願いしましゅっ‼」

「あ……ええと、こちらこそ初めまして。バイトの真島圭太です」

相手の勢いに釣られ、圭太もお辞儀。すると、明らかに緊張しきっていた様子だった瑞希が、「え？」と顔を上げ、圭太を見た。

「あ……あなたもアルバイトの方なんですね！　いただいたメールで聞いてました、頼りになる先輩がいるって！　会えて嬉しいです、よろしくお願いします！」

「い、いや、そんな大したものじゃないけど……」

謙遜しつつも、瑞希があまりにキラキラした目で見つめてくるものだから、圭太はつい顔が緩んでしまい――我に返る。

（いやいや、いくら可愛いったって男なんだから……何ニヤニヤしてんだ俺）

頭を振る圭太を横目に、瑞希に声を掛ける玲。突然の上司の登場に、瑞希は恐縮した様子でぺこぺこ頭を下げていた。

「それじゃあ妹尾くん、仕事内容はメールで説明した通りだ。君にはこれからそこの真島くんと共に、『お兄ちゃん』として全世界の妹達を愛し慈しんでもらいたい。よろしく頼む」

「はい！　頑張ります！」

「頑張っちゃうんだ!?」

そこはもっと疑問を覚えるべきではないのか。後輩の常軌を逸した素直さに、圭太は早くも不安を覚え始める。

「それでは妹尾くんも揃ったところで、二人にいいものを見せよう。真島くん、そこの段ボールを開けてみてくれ」

「これですか？」

指差された段ボールを開けてみると、中に入っていたのはビニールに包まれた衣服だった。

「なんですかこれ」

「妹様のニーズに合ったお兄ちゃんを提供するため、貸衣装のサービスも始めることにしたんだ。というわけで、早速試着してきてくれ。更衣室はその奥に作った」

「作ったって」

玲が指差す先を見ると、部屋の奥に、仕切りで囲われたスペースができているのが見えた。ジェバンニ（という名の玲の部下さん）働きすぎ。

——と。

「え……？　き、着替えるんですか……？」

戸惑ったようにそう呟き、瑞希が顔を赤くする。

「あー……ひょっとして、こういうのは苦手とか？」

「そ、そういうわけじゃ、ないですけど……」

困ったみたいな表情で、瑞希が圭太を見上げてくる。

なまじ顔が女の子みたいなので、なんだか妙にドキッとしてしまう仕草だった。「いやいやいや男だ」と、圭太は慌てて自分に言い聞かせる。

「えっと……今日は初日だし、無理することないと思うけど……」

「い、いえ！　お仕事ですから！　頑張ります‼」

気遣う圭太を遮って、瑞希がビシッと手を上げた。

正直、気を張りすぎているように見えなくもないが、せっかくやる気になっているのに、水を差すのも可哀想だ。

「じゃあ主任、俺達着替えてきますので」

「え⁉　い、一緒に着替えるんですか……⁉」

何故か、信じられないことを言われたような表情で、瑞希が顔を真っ赤にした。さっきだ。

も恥ずかしそうだったけれど、それの比じゃない。それこそ、茹だったように真っ赤っか

(いや、何そのリアクション……)

ただでさえ瑞希は外見が女の子みたいなので、そんな反応をされると、なんだかセクハラでもしているみたいである。男同士なのに。

「いや、一人ずつってのも面倒だと思って……嫌ならいいんだけど」

「い、いいえ!! 先輩の決めたことに、口答えはしません!! 後輩としての立場は、わきまえているつもりです!!」

「いや、そんなパワハラみたいなことは言わないけど……」

顔を真っ赤にしながらも、瑞希はそう言って、健気に拳を握ってみせた。……だから何故に、男同士でそんなリアクションに。

戸惑いを覚えつつ、それぞれのサイズの衣装を持ち、カチンコチンの瑞希と二人、奥のスペースへ。

瑞希はまだ緊張しているのか、スペースの隅っこで肩を縮こまらせていた。そんな姿はやはり、どこから見ても女の子にしか見えない。顔立ちの可愛さもそうだが、体付きも男にしては華奢で、守ってあげたくなるような雰囲気がある。

するとと、圭太の視線に気付いて、瑞希は恥ずかしそうに頬を赤らめ、もじもじし出した。

「あ、あの……そんなに見られると恥ずかしいです……」

「あ、悪い……なんかつい」

「いえあの！　嫌とかやめてほしいとか、そういうんじゃないんです！　ただ恥ずかしかっただけで……でも、先輩が見たいなら、どこでも、いくらでも、好きなように見てくださいっ！　ど、どうぞ！」

ますます赤くなった顔でそう言い、じっと圭太の顔を見上げてくる瑞希。その可愛らしさに圭太は思わずドキッとしてしまう。

（っていうか、どこでもって……）

反射的に、視線が瑞希の胸元に向き——「だが男だ」と、慌てて我に返る。

（やばい……今一瞬、本気で女の子と一緒にいる気分になってしまった……）

このままでは開かなくていい世界の扉を開いてしまいそうだったので、圭太はさっさと着替えを始めることにした。

途端、瑞希は「きゃっ⁉」と女の子そのものの悲鳴を上げ、両手で顔を覆う。

（いやいやいやいや、落ち着け俺……この子は男、この子は男……こんな可愛い子が女の子なわけがない……）

動揺しそうになる自分を落ち着かせつつ、粛々と着替えを続ける。

ふと瑞希のほうを見ると、彼はまだスペースの隅っこに突っ立ち、両手の隙間から圭太の着替えをじっと見つめていた。

「……えっと、着替えないのか？」

「ひゃう!? あ、ご、ごめんなさい！ 着替えます、いま着替えます!!」

わたわた、と慌てながら、瑞希は圭太に背を向けた。

そして、恥ずかしそうに、ゆっくりと服を脱ぎ始める。

少しずつ露わになっていく、瑞希の白い肌。男同士のはずなのに、見ていると妙にドキドキしてしまって、圭太は顔を背けた。同じ空間にいるのが、急に落ち着かなくなる。

「えーっと……じゃあ、俺は先に戻ってるから――」

「――きゃー!?」

突然響き渡る、甲高く可愛らしい悲鳴。まるで女の子みたいな。

驚いて振り返るのと同時、瑞希が圭太に抱き付いてきた。まだ着替え途中だったようで、その格好は半裸だ。

「ど、どうした一体!?」

「ゴ、ゴキ、ゴキブリ……！ ゴキブリが……!!」

ぎゅーっと圭太にしがみつきながら、瑞希が震える声で言う。

見れば、茶色い何かがすごい勢いで仕切りの向こうに消えていくのが見えた。

「お、落ち着いて。もうどっか行っちゃったから……」

「うぅ……ぐす……！　ほ、本当ですかぁ……？」

目の端に涙を溜めながら、瑞希がそろそろと顔を上げる。


何気なくその顔を見下ろして——瞬間、圭太は見た。


まだボタンが留められておらず、大きくはだけられた瑞希の胸元。

そこに、控えめだが、しかし、男にはあり得ない、膨らみのようなものが見える。

有り体に言うと。

おっぱいが。


（————）

いや落ち着け。これは何かの間違(まちが)いだ。きっと目の錯覚(さっかく)、あるいは幻覚(げんかく)。だって瑞希は『お兄ちゃん』なのだ、お兄ちゃんが女の子のはずがない、おっぱいが胸についているはずがない……。

「……？　先輩(せんぱい)……？　あの、どうかしまし――」

首を捻(ひね)った瑞希が、圭太の視線を追い、自分の格好に気付いて動きを止める。

ぷるぷると震えながら、その顔が次第に真っ赤に染まっていって――。

「き……きゃー!!」

さっきよりも数倍くらい大きな悲鳴が、フロア中に響(ひび)く。

その声は、もう間違いようもなく、女の子のものだった。

「さ……さっきは、すみませんでした……!!」

「い、いや……俺もなんかその、ごめん……」

先ほどの騒動（そうどう）から数分後。落ち着きを取り戻した（ついでに着替えも済ませた）瑞希と二人、改めて頭を下げ合う。二人共、なんとなく正座だった。

更衣室には、騒（さわ）ぎに気付いてやってきた玲もいた。

恥ずかしさで顔が上げられない圭太を見下ろし、玲はやれやれとため息を吐（は）き出す。

「全く……真島くん、君はそれでもお兄ちゃんなのか。いくら同じお兄ちゃん同士とはいえ、着替え中の女の子を襲（おそ）うだなんて、お兄ちゃんの風上にも置けないぞ」

「いや、主任が何言ってるのかわからないです……。っていうか！　そもそもどうして最初に言ってくれなかったんですか⁉　妹尾さんが女の子だって！」

「君こそ何を言っているんだ。そんなもの見たらわかるだろう。こんな可愛い子が男の子のはずがないじゃないか」

「それは……‼　いやでも、だって、いるじゃないですか男の娘（こ）とか‼」

「真島くん……フィクションと現実は違うんだぞ？」

「その可哀想な子を見る目やめてくださいよ‼」

とはいえ、玲の物言いはもっともである。男の娘なんて早々現実にいるわけがない。女の子にしか見えないのなら、素直に女の子だと思えば良かったのだ。

「妹尾さん……本当にごめん」

「い、いいえ！　大丈夫です……!!　ちょっと恥ずかしかったし、びっくりもしましたけど、先輩になら……！」

恥ずかしそうに目を伏せながら、瑞希がもじもじと言う。

女の子だと知った今、そんな仕草は普通に可愛らしくて、圭太は自分まで赤くなってしまうのを抑えられない。

「それにしても……女の子なんだったら、どうしてこのバイトに？」

「えと……実は私、妹がいるんですが。その子が最近、言うんです。『お兄ちゃんがほしい』って。でも、妹や弟と違って、お兄ちゃんは産めないから……だから、私がお兄ちゃんになろうと！」

「そんな理由!?」

驚く圭太をよそに、瑞希は心から真剣な表情で、「頑張ります！」とガッツポーズ。頑張ったからといって、どうにかなる問題でもないような気がするのだが……。

「と、いうわけで、先輩！　これから、どうぞよろしくお願いします！　私、あんまり要領よくないですけど、精一杯頑張りますから……！　立派なお兄ちゃんになれるよう、ご指導、よろしくお願いします!!」

「い、いやまあ……俺にできることなら協力はするけど……」

勢いに押される形で頷くと、瑞希が顔を上げ、「ありがとうございます!!」と笑みを浮かべる。慕ってくれるのは嬉しいが……なんかすごく間違っているような。

「よし。では、今日は妹様の予約もないし、一日妹尾くんの研修デーということにしようか。妹様役は私がするから、真島くんはお手本を見せつつ、妹尾くんをフォローしてやってくれ」

「あの、俺も一応研修中じゃなかったでしたっけ……」

「大丈夫。自信を持て。君は立派にやっている」

優しい瞳で圭太を見つめ、玲がぽんと肩を叩く。言っていることはそれらしいが、なんだか誤魔化されているような気がしてならなかった。

しかし。

「よろしくお願いします、先輩!」

当の瑞希に尊敬の眼差しで見つめられてしまえば、「お断りします」とも言えない。

「……わかったよ。俺のほうこそよろしく、妹尾さん」

「はい!!　……あ！　そうだ、先輩。先輩は先輩なんですから、私のことはどうぞ、『瑞希』って呼び捨てにしてください！」

「え、でも……いいの？」

「はい、もちろんです！」

『先輩にされて嫌なことなんて何もないです！』と、一点の曇りもない瞳で、瑞希。他意はないのだろうけれど、いちいち意味深に聞こえる言い回しだった。

「…………」

「先輩？」

「い、いやなんでもない！　ええと、じゃあ……瑞希ちゃん、で」

「はい！」

圭太が名を呼ぶと、瑞希は心底嬉しそうに、満面の笑みを浮かべてくれた。

「……そういえば主任。瑞希ちゃん用の制服ってスカートなんですね」

「女の子だからな。当然だろう」

お兄ちゃんとはなんなのか。ここに来て、その定義を見失いそうな圭太だった。

「では先輩!! まずは何をしたらいいでしょうか!?」

「ええと、そうだなぁ……」

というわけでいざ始まった研修。初っ端からやる気満々お目々きらきらの後輩を前に、圭太は早速言葉に詰まる。

だって、圭太が今までバイトでしてきたことといえば、妹と添い寝したり、妹のおっぱいさわったりぐらいなわけで。

しかし、そんなことを馬鹿正直に言おうものなら、せっかくの後輩(可愛い女の子)からの信頼を棒に振る羽目になってしまう。

これからも瑞希に「さすがです先輩!」と言ってもらうため、圭太は必死にそれらしい回答を絞り出した。

「それじゃ、まずは飲み物の運び方から練習しようか。やっぱり基本だしね、うん」

「なるほど、飲み物ですね……! さすがは先輩です!」

まあ、一度もやったことないんですけどね!

セルフツッコミはそっと胸にしまって、圭太は瑞希を連れ、上階のリビングフロアに向かった。ここならキッチンもあるし、お茶やジュースといった飲み物も用意されている。

「よし、では妹尾くん。今から私は妹、君はお兄ちゃんだ。まずは妹に飲み物を持ってきてあげてくれ。あ、乳酸菌飲料でよろしく。体にピースなやつだ。濃いめで頼む」

「わかりました！　頑張ります！」

きりっ、と顔付きも勇ましく、瑞希がキッチンへ入っていく。

といっても、やることはコップを取り出してジュースを注ぎ、玲のもとへ持っていくだけ。ドジっ子メイドとかでもない限り、誰にでもできる簡単なお仕事である。

……が。棚の高い位置からコップを取り出すことだけは、小柄な瑞希にはちょっと難しく。

「ん、んしょ……」

ぷるぷると、つま先立ちで必死に手を伸ばす瑞希。今にも転びそうで、見ていて非常に危なっかしい。

なので。

「はい、瑞希ちゃん」

「あ……ありがとうございます、先輩」

瑞希の背後から手を伸ばして、代わりにコップを取ってやる。受け取って、瑞希ははにかむように笑った。

「せ、先輩って、背が高いんですね！　私、びっくりしちゃいました」

「そうでもないよ。男子の中じゃ平均ぐらいだし……」

「でも、サッとコップを取ってくれて、カッコ良かったです！」

「カ――」

カッコイイ。そんなこと、生まれて初めて女の子に言ってもらえた。しかも、こんな可愛い子に。

ひっそりと喜びを嚙み締める圭太をよそに、瑞希はコップに乳酸菌飲料を注いでお盆を用意。

そしてそのお盆を手に、緊張の面持ちで玲のもとへと向かう。

「瑞希ちゃん、そんなに緊張しなくても大丈夫だよ」

「うむ。リラックスだ、妹尾くん」

「わ、わかりまひた……！　り、リラックス……リラック――ひゃわっ⁉」

突然だった。珍妙な声と共に、瑞希の体が大きく傾ぐ。

転んだのだ。何もないところで。

お盆を放り出すようにして、瑞希はそのまま床にダイブ。投げ放たれたお盆、そしてコップが軽やかに宙を舞い、中身がぶちまけられる。

「きゃっ……！　あうぅ……冷たい……」

なんとも間の悪いことに、真下にいた瑞希は、零れたそれを頭から被ってしまった。

濃いめに作った乳酸菌飲料。普通のジュースより白くとろりとしたそれが、瑞希の髪や頬を伝い落ちる。ただの乳酸菌飲料とわかってはいても、ぱっと見、非常に危険な絵面だった。

「み、瑞希ちゃん⁉　大丈夫⁉」

「だ、大丈夫です……！　そ、それより、ごめんなさい……！　すぐ片付け——きゃう⁉」

立ち上がろうとした矢先、瑞希は濡れた床に足を取られてまたも素っ転んだ。今度は足を大きく開く格好で尻餅をつき、パンツがもろに露わになる。

「きゃー！　み、見ないでくださいー！」

「ご、ごめん‼」

慌てて目を逸らしたのと同時、視界の外でまたも瑞希の悲鳴、そして転ぶ音が聞こえる。

こうして、圭太の先輩生活一日目は、後輩の零したジュースの後片付けから始まった。

「今日は本当にすみませんでした……!!」

「いや、まあ、誰でも最初は失敗することもあるから……」

閉店後。必死に謝り倒す瑞希を宥めつつ、圭太は彼女と二人店を出る。

あの後も、瑞希のドジっ子ぶりは留まることを知らなかった。ケーキを運ばせれば素っ転んでお客様（代理：玲）の顔面に見事命中させ、紅茶を入れれば塩と砂糖を間違えるというベタっぷり。

玲は「ドジっ子お兄ちゃんもありだな……」とかなんとか言っていたので、別に怒っている様子はなかったけれど、当の瑞希としては、やはりかなり落ち込んでしまっているらしかった。

「やっぱり私……お兄ちゃんの才能、ないんでしょうか……」

とぼとぼと圭太の横を歩きながら、瑞希が「はあ……」とため息を零す。

そもそも瑞希は女の子なので、仮に全ての仕事を完璧にこなせたとしても、『お兄ちゃん』にはなれないと思うのだが……この状況でそんなマジレスを口にするほど、圭太は鬼でもKYでもないので。

「いや、そんなことはないよ！　そもそも『お兄ちゃん』って、才能とか資格とか、そういうの関係ないと思うし！　そこに妹がいるなら、それだけでもう誰もがお兄ちゃんっていうか……！　ええと、つまり……！」

「つまり……なんですか？」

　圭太の言葉を聞こうと、瑞希が顔を上げる。その彼女の目を、圭太はしっかりと見据えた。

「ほら、瑞希ちゃんはさ、妹のためにこのバイトを始めたんだろ？」

「はい……」

「妹のために、慣れないバイトをこんなに頑張ってるんだから、それだけで十分、瑞希ちゃんは立派な『お兄ちゃん』だよ。自信を持っていいと思う！」

「先輩……」

　圭太自身「お前は何を言っているんだ」とツッコんでしまうような台詞だったが、瑞希はじーんとした様子で目を潤ませた。どうやら元気を出してくれたらしい。

「ありがとうございます、先輩……！　やっぱり、先輩はすごいです！　私、先輩が先輩で、本当に良かった……！」

「いや、そ、そんな大したものじゃないけど……でも、瑞希ちゃんが元気になってくれたなら良かったよ」

　あまりに真っ直ぐな視線がなんだか居た堪れなくて、さりげなく目を逸らす。

すると。

「あ、あの……！」

何やら物言いたげに、横顔に注がれる視線。

「そ、それじゃあ……先輩のこと、これから『兄さん』って、呼んでもいいですか……？」

おずおずと、覗うかがうように上目遣うわめづかいで見上げられ、否応いやおうなくドキリとさせられる。

「う、うん……！　もちろん……！」

「本当ですか!?　ありがとうございます！　すごく嬉うれしいです！　え、えっと、それじゃ……」

テレテレ、とちょっぴり顔を赤くしつつ、瑞希は嬉しそうに微笑ほほえんだ。

「これから、よろしくお願いします……兄さん」

（うっ……！）

思わず、「可愛い!!」と声を出してしまいそうになった。

だって、『兄さん』だ。夢にまで見た、兄さん呼び。初葉に『お兄ちゃん』と呼ばれたときも、仁奈に『お兄様』と呼ばれたときもドキッとしたけれど、それとはまた違う。

こうして考えてみると、瑞希は、圭太の探し求める『理想の妹』そのものなのではないだろうか。

健気（けなげ）で一生懸命（けんめい）で、兄である自分を真っ直ぐに慕（した）ってくれて、でもドジっ子で、だからこそ守ってあげたくなる。まさしく、『こんな妹がいたら俺はもう……っ!!』と悶（もだ）えたくなるような、最高に可愛い『妹』。


そんな子が、圭太のことを『兄さん』と呼びたいと言ってくれたのだ。これが嬉しくないわけがあろうか、いやない。今の自分ならば、きっと烈海王（れつかいおう）にだって勝てるだろう……。


「に、兄さん!?　どうして泣いてるんですか!?」

「ハッ……！　い、いや違うんだ！　これはちょっと、目にゴミが入って……！」

危ない。女の子に『兄さん』と呼ばれて感動のあまり泣いていたなんて知られたら、折角上がっていた好感度がパアになりかねない。

「どうぞ、兄さん。良かったら使ってください」

「ありがとう、瑞希ちゃん……」

差し出されるハンカチを受け取りつつ、『兄さん』という呼ばれ方を噛み締める。

「あ……それじゃ兄さん、私はこっちなので」

「あれ？　駅まで行かないんだ？」

「はい。私の家、この近くなんです」

「そうなんだ。……家まで送ろうか？」

「大丈夫です、本当にすぐそこですから。……でも、ありがとうございます。えへへ……やっぱり、兄さんは優しいですね」

幸せそうに微笑まれ、あまりの尊さに目が眩みそうになる。これが天使か。

「それじゃあ兄さん！　今日はありがとうございました！　次も頑張りますから、また色んなこと教えてください！　また会える日、楽しみにしてますから！」

ぺこり、とお辞儀をして、瑞希が駆け去って行く。途中、走りながら何度も振り返り、そのたびに手を振ってくるのがとても微笑ましい。そして尊みが強い。

（バイト、始めて良かったなぁ……!!）

今までで一番じゃないかというぐらいの充足感を胸に、意気揚々と帰路につく。

その最中、ふと。

（そういえば瑞希ちゃんって、学校どこなんだろ。家が近いって言ってたし、高校もこの辺なのかな？）

圭太の学校も近いといえば近いが、同級生にあんな可愛い子がいればさすがに気付くだろうから、きっと別の高校なのだろう。まさか中学生ということはないと思いたい、玲の倫理観が心配になるという意味で。

今度会ったら聞いてみよう。そう思いながら、圭太は駅へと向かうのだった。

――次の日。

昼休み。圭太は久しぶりに学校の購買に足を運んでいた。いつもは行きがけにコンビニで買っているのだが、今日は寝坊をして、寄っている時間がなかったのだ。

とはいえ、昼時の購買は混むので、並んでいるうちに随分時間が経ってしまった。急いで戻らないと、昼休みが終わってしまう。

しかし、急ぎ足で廊下を歩いていた圭太は、曲がり角で人とぶつかってしまった。

「きゃん……⁉」と子犬みたいな悲鳴を上げ、相手の女子生徒が尻餅をつく。

「あ、すみません……！　大丈夫です、か……」

慌てて手を差し伸べて――圭太は目を丸くする。

「え……？　瑞希ちゃん？」

「ふえ!?　に、兄さん……!?」

廊下にへたり込み、驚いた顔でこちらを見上げているのは、やはりどこからどう見ても瑞希に間違いなかった。


しかし——圭太が驚いているのは、そこではなく。

瑞希の制服の胸元。男子はネクタイ、女子はリボンをそれぞれつけていて、学年ごとに色が決まっているのだが……瑞希のつけているリボンの色が、圭太のネクタイの色と違うのだ。

それはつまり、学年が違うということで。

そして……一年生である圭太と違う学年ということは。


「……え？　み、瑞希ちゃん……先輩だった——んです、か……？」

「そ、そういう先輩こそ……後輩だったんですか!?」

二人の驚きの声が、揃って廊下に木霊するのだった。

◆◆◆

「な、なんだかごめんなさい……。私、勝手に年上だと思ってて、に、『兄さん』なんて呼んじゃって……」

「いや、俺のほうこそ、タメ口利いちゃってて……」

校庭の隅の、たまたま空いていたベンチ。そこに並んで腰を下ろし、二人はお互いに詫びの言葉を口にする。なんだか、デジャブを感じるやり取りだった。

「うぅ……！　み、見損ないましたよね？　年上のくせに、あんなにドジだなんて……」

「いや、そんなことありませんよ」

「え!?　ほ、本当ですか!?」

途端に、瑞希はぱっと顔を明るくする。年上だと知っても、そんな仕草はやっぱり妹みに溢れていて、圭太もつい笑顔になった。

「良かったぁ……。あ、あの、じゃあ、良かったらこれからも、私のことは瑞希ちゃんって、呼んでください！　できれば、敬語もなしで……」

「え？　でも、先輩なのに……」

「学校ではそうでも、バイトでは、後輩ですから！　それに私も、そのほうが嬉しいですし……なんだか、本当に妹みたいで」

ちょっぴり恥ずかしそうに、瑞希が「えへへ……」と笑う。可愛い（可愛い）。

「わかった。……っていうか、瑞希ちゃんこそ、俺に対して敬語使わなくてもいいんだよ？」

「いいんです、私はこのほうが落ち着きますから。……あ、あの、でも……！　これからも……兄さんって呼んで、いいですか？」

「うん、もちろん」

「……！　ありがとうございます！」

花が咲いたように、瑞希が笑う。

——前略、お父さんお母さん。

このたび、俺に妹（仮）ができました（年上だけど）。

圭太と別れ、瑞希はとことこと、自分の教室へ引き返す。

（あー……びっくりした。まさか、兄さんが後輩だったなんて、思わなかったなぁ……）

でも、同じ学校なら、バイト以外でも頻繁に会う機会があるかもしれない。それは、ちょっと嬉しいなと思った。

まだ出会ったばかりの、バイト先の先輩。

でも、不思議と初めて会った気がしないのだ。

彼といると……小さい頃仲が良かった、男の子のことを思い出す。


瑞希の家は、下に妹や弟が多い。大家族の最年長。家族のことはみんな大好きだけれど、お兄ちゃんやお姉ちゃんのいる友達のことを、羨ましいと思うことも多かった。

そんな瑞希が、初めて『お兄ちゃん』と呼んだ相手が、あの男の子だったのだ。

彼の前でだけは、瑞希は『お姉ちゃん』でいなくても良かった。

我慢したり、頑張ったりしなくても良くて。

甘えたり、頼ったり、しても良くて。

今にして思えば、初恋だったのだと思う。

それだけに、あんな別れ方をしてしまったことが、今でも苦い記憶として、胸の片隅に残り続けているのだけれど。

圭太のことを『兄さん』と呼んでいいか尋ねたのは、『先輩』である彼に、あのときの『お兄ちゃん』と同じ頼もしさを感じたからだ。

（もしかして、『兄さん』があのときの男の子、なんてこと……）

ふと、足を止める。もしもそんな偶然があるなら、今度こそ——。

（って、そんなわけないよね。少女漫画じゃないんだもん）

ふるふる、と頭を振って、瑞希は再び歩き出す。

そして、一歩を踏み出した途端、何もない廊下の真ん中で、盛大に転んだ。

第五章　妹とデートするだけの簡単なお仕事です

「…………ふっ」

自室のベッドに腰掛け(こしか)け、圭太は一人ほくそ笑んだ。

日曜である。学校こそ休みなものの、地獄(じごく)の週七連勤をこなすバイトお兄ちゃんである圭太に、人並みの休日などありはしない。

が——それは最早(もはや)過去の話。

転機となったのは、先日から同じくお兄ちゃんとして働き始めた後輩、瑞希の存在だった。ドジっ子だが心優しい彼女は、週七シフトという激務を強要される圭太を不憫(ふびん)に思い、「今日は私が一人で頑張りますから！」と、主任に交渉(こうしょう)して、圭太の休みを勝ち取ってくれたのだ。

「ひゃっほー！！！　休みだー！！！」

勢い良くベッドにダイブし、久しぶりの自由な時間を満喫する。

ああ、素晴らしきかな休日。働かなくてもいいとは、なんと幸せなことなのだろう。

（はー……幸せ……）

さて、今日は何をして過ごそうか。このまま心ゆくまでお布団に包まれていようか、それともＳＧＯの周回に勤しむか。久しぶりにアキバに行ってみるのもいい。そう、何をしてもいいのだ。何しろお休みなのだから……。

幸福を噛み締めるように目を閉じたとき。前触れもなく、枕元に放っていたスマホが鳴り始めた。

（ん？　電話？）

誰からだろう、と何気なく手に取る。

電話の相手は、玲だった。

（…………………）

嫌な予感。それも猛烈な。

一瞬、圭太は気付かなかったフリをしようかと思った。しかし、スマホは無駄な抵抗を嘲笑うかのように、いつまでも執拗に鳴り続ける。「お前が出るまで掛けるのをやめない」とでも言うかのように。

「…………はい、真島です」

『おめでとう真島くん。出前だ』

「は？」

とてもバイト先の上司を相手にするとは思えないリアクションが口から漏れたが、玲は別段気にすることもなく、『出前だ』と謎の台詞を繰り返した。

「いや、あの、ちょっと待ってください。なんの話ですか、出前？」

『いや。実はこのたび、我らがレンタルお兄ちゃんで新サービスを始めてな。その名も〝デリおに〟』

「嫌な予感しかしない!!」

「引き受けてくれたら、ボーナスとして追加のＳＳＲを出そう」

「…………」

電話口からそんな言葉が聞こえてきて、通話を切ろうとしていた手が止まる。

「……それで、俺は何をしたらいいんですか」

『もちろん出前だ。今から言う場所に〃お兄ちゃん〃を届けてくれ。できるだけ急ぎで頼む――可愛い妹様がお待ちだからな』

玲に指示された『出前先』は、秋葉原（あきはばら）の駅前広場だった。

突然（とつぜん）の電話から一時間後。なけなしの私服に着替（きが）えて、圭太は通い慣れたアキバの駅へと降り立つ。

（ここに、予約相手の『妹様』がいるのか……）

一体どんな相手なのか……と考えると、なんだか急に緊張（きんちょう）してきた。なんだかんだ、いつもの店では玲が一緒（いっしょ）にいたから、二人きりでお客さんと会うのは初めてなのだ。

指示された待ち合わせ場所に立ち、きょろきょろと辺りを見回す。

玲の話では、相手は『行けばわかる』という話だったが――。

「――ちょっ……あ、あの！　困ります、そういうのは……！」

「そう言わないで！　名刺（めいし）を受け取ってくれるだけでもいいんだよ！」

……ふと耳に届く、覚えのある声。

（あれは……片瀬？）

駅前の広場の片隅に、初葉の姿があった。圭太と同じく私服姿。そばには見知らぬ男の人がいて、困り顔の初葉にしつこく声を掛けている。

（な、なんだ……？　ナンパか？）

アキバにもそんなリア充みたいなことする奴がいるのか……と思ったのは一瞬。初葉がずっと困った顔をしていること、そして、いつまでも男が立ち去ろうとしないのを見て、圭太は急に心配になった。

（あれ、片瀬の奴、困ってるよな……。警察……呼ぶほどのことじゃないし、声掛けたほうがいいのか……？）

迷いながらも歩き出そうとしたところで、初葉の視線がこちらを向いた。

圭太と目が合った途端、彼女はぱっと、救われたような笑みを浮かべる。

「あ……！　お兄ちゃん！」

「え」

言うが早いか、初葉は一目散にこちらへ走ってきた。それを見てようやく諦めたらしく、男もその場を去って行く。

「良かった、お兄ちゃんに会えて……。断ってもなかなか諦めてくれなくて、どうしようかと思ってたんだぁ……」

　店でもないのに当たり前にお兄ちゃんとか呼ばれているが、今はツッコミを入れる場合でもないかと思い、そのまま流す。

「えっと……今のって、やっぱりナンパか？」

「どうだろ……。『モデルやってみないか』って言われたんだけど、ホントにスカウトの人かどうかはちょっとわかんないかな」

「マジか……大変だったな」

「うん……でも、もうへーき。お兄ちゃんが追い払ってくれたし」

「別に、俺は何もしてないって」

「そんなことないよ。お兄ちゃん来てくれなかったら、どうしていいかわかんなかったもん」

『ありがと』と、初葉ははにかむようにして笑った。

「にしても……なんか、意外だな。片瀬だったら、ああいうの簡単に追い払えそうなのに」

「よくそう言われるけどさ。アタシ、ホントはあんま、人と話すの得意じゃないんだよね。むしろ、人前とか苦手。知らない人の前出ると、それだけでキンチョーしちゃうもん」

「は？　マジで？」

「マジマジ、超マジ。子供の頃とか、人見知りすごかったんだから。だからいっつも、お兄ちゃんの後ろに隠れて――」

「え？」

「あああ、違う違う！　子供の頃ね、ちょっと仲いい男の子がいて！　お兄ちゃん代わりっていうか！　そんだけ！　お兄ちゃんとは全然関係ないから全然！」

ブンブンバタバタとものすごい勢いで首やら手やらを振られて、圭太は勢いに押されるように頷く。

それにしても。

（……仲良かった子、か）

少し、自分の幼い頃と似ているなと思った。まあ、よくある話といえばそれまでなのだけれど。

「けど、教室じゃ全然そんな感じしないじゃないか。俺らみたいな男子にもそっちから話しかけてくるし」

「だって、自分から話しかけなかったら友達なんかできないじゃん。それに、アタシこういうカッコだから、大人しい子に声掛けると怖がらせちゃうしさ。陽キャのグループに入れてもらえないと、居場所なくなっちゃうし……」

ちょっとだけ疲れたような顔で、初葉は「たはは」と笑った。

自分が知らないだけで、初葉にも、いろんな苦労があるのかもしれない。今までの自分が、彼女のほんの一面しか知らなかったことを、圭太は今さらに実感した。

（……ん？　けど待てよ……普段の陽キャが『フリ』なんだったら、俺のことだけやたらと弄り倒してくるのはどういうことだ……？）

何かに気付きそうな気がして、圭太は考え込む。

が、思考がまとまる前に、何故か、初葉が圭太の手を引っ張って歩き出した。

「そんなことよりさ？　早く行こうよ！　せっかく出前お願いしたのに、時間もったいないもん」

「……は？」

不可解な発言に、思わず目をぱちくり。

「え？　まさか、出前の相手って……お前なのか？」

「そうだけど……野中さんから聞いてないの？」

「聞いてない！　聞いてないぞ一言も！」

つまり、お兄ちゃんのデリバリーを頼んだのは初葉ということで……自分はこれから、初葉と一緒に、アキバの街を歩き回るということか？

（それって……ほとんどデートじゃないか……？）

頭に浮かんだ考えに、自分の顔が熱くなるのがわかる。

「……お兄ちゃん？　どしたの、ぼーっとして」

不思議そうに、初葉が首を傾げる。

そんな仕草も、なんだかいつもとは違って見えた。初葉が私服姿だからか、それとも、二人で外にいるせいか。知らぬ間に、心臓がドキドキと高鳴っていく。わけもなく。

「お兄ちゃん？　なんか、顔赤くない？」

「な、なんでもないって！　そ、それよりだな！　デリバリーっていうけど、アキバで何するんだよ」

「ほら。こないだ、お兄ちゃんに教えてもらった、『好妹』？　あったじゃん？　アタシあれ、買おうと思って」

「へ？　……片瀬って、ラノベとか読むのか？」

「ううん。全然。でも、お兄ちゃんの好きなものなら、興味あるし」

にへ、と、初葉が相好を崩す。

せる。

まさしく、兄に懐く妹そのものの無邪気な笑顔。その言葉と表情が、圭太の心臓を逸ら
（いやいや、勘違いするな俺。これもどうせ『妹』になりきってみましたーとかそんなん
だろ……騙されない、騙されないぞ俺は……）

わかっているのに、いちいちドキドキしてしまう自分が悲しいやらやるせないやら。

「けど、ラノベくらい、わざわざアキバ来なくたって本屋で買えるだろ？」

「ムリムリ。うちの近所の本屋さん小さいし、お客さんもおじさんおばさんばっかりだも
ん。漫画とかそういうの全然置いてないんだから」

「あー……まあ、お店によってはそういうこともあるか」

「でしょ？　だからさ……売ってるとこ、案内してよ。お兄ちゃん」

お願い、と言うように、初葉が服の裾をつまんでくる。

「……わかったよ。じゃあ、連れて行ってやるから」

「ホント？　ありがと、お兄ちゃん！」

ぱっと、初葉が笑みを零す。

果たして、これは妹を意識しているだけなのか。それとも、意外に素だったりするのか。

最近、どんどんわからなくなり始めている。さっき、意外な一面を見せられたばかりだっ

たから、余計に。

……まあ、考えてみたところで、結局ドキドキさせられてしまうのだけれども。

そんなことを考えながら、駅前を離(はな)れて大通りへ向かう。

「わ!?　何これ!?　みんな道路歩いてんだけど!?」

「歩行者天国だよ。別にアキバ以外にもあるだろ」

「へー。これがそうなんだ。あ、外国人いる！」

「あんまりきょろきょろするとぶつかるぞ。人多いんだから」

「へーキだって。渋谷(しぶや)とかも休みの日行くとこんな感じだし。……あ！　で、でも、やっぱり、はぐれるといけないから、手、繋(つな)ぎたいかなー、なんて！」

「へ……!?」

突然初葉がそんなことを言い出し、圭太はホコテンのど真ん中で立ち止まりかける。

「い、いいじゃん……。キョーダイ、なんだし？　せっかく、二人で出掛(でか)けるんだから……久しぶりに、お兄ちゃんと手、繋ぎたい」

「久しぶりって……手、繋いだことなんかないだろ、俺達」

「あるよ。……お兄ちゃんが、忘れてるだけじゃん」

急に込み入った設定をぶっこまれ、圭太は困惑(こんわく)するしかない。

しかし……実際問題、この人混みではぐれかねないのも事実だ。加えて、妹様の要求をむげにしたら、また玲にボーナス（という名のＳＳＲ）を削られてしまうかもしれない。

「じゃあ……ほら」

おずおずと、初葉に向かって腕を差し出す。

初葉は頬を赤らめたまま、圭太の手に手を伸ばして――。


ぎゅむ、と。


次の瞬間、なんの前触れもなく、肘の辺りが途方もなく柔らかい感触に押し包まれて、圭太の全身が石化する。

理由は単純。柔らかい感触の正体は、初葉の胸で。圭太は初葉に腕を組まれ、ぴたっと体を密着させられているのだった。

「い、いや、あの、片瀬……？」

「…………」

名前を呼んだけど、初葉は返事をしなかった。遅れてそのわけに気付いて、言い直す。

「は、初葉！　手、繋ぐんじゃなかったのか⁉」

「だって……お兄ちゃんは、こうしたほうが、喜ぶかなって……」

言いながら、初葉はさらに強く、圭太の腕を抱き締めてくる。

「……お兄ちゃんは、嫌？　アタシにくっつかれるの、困る？」

「嫌、なんてことは、ないけど……」

そう、嫌なわけがない。妹に甘えてもらって、喜ばないお兄ちゃんなんて存在しない。

けど……圭太と初葉は、『兄妹』だけど、『兄妹』ではないわけで。

だから圭太も、嬉しさよりも、動揺とか、ドキドキとかが勝ってしまう。どうしたらいいかわからなくて、初葉の……妹の顔を、見られなくなってしまう。

というか、初葉のほうこそ、平気なのだろうか。今だって、自分と同じくらいには、顔が赤いのに。

「……お兄ちゃん？」

「な、なんでもない！」

そこから先は意図的に考えないようにして、圭太は足早に——けれど、初葉を置いてきぼりにしないよう気を付けつつ、馴染みのアニメショップに向かうのだった。

「はー……！　緊張したー……」

「なんでラノベ買うのにそんな緊張する必要があるんだよ」

「だって、高校生だってバレたら売ってもらえないじゃん⁉　なんか言われたらどうしようって、めっちゃビクビクしたし！」

「……いや。『好妹』は全年齢作品だからな？」

目的だった『好妹』を購入し、馴染みのアニメショップを後にする。

「……あ、あのさ！　お兄ちゃん、まだ、時間ある？」

「え？　まあ、あるっちゃあるけど……」

「えっとね？　ほら、まだレンタル時間残ってるし、もったいないし！　それだけで、別に他意はないんだけどね？　良かったら、もう少し――」

そわそわと、何か言いかけていた初葉の言葉が、不意に遮られる。

きゅるるる～……とかいう、お腹の鳴る音で。

「……！」

途端、真っ赤になって「バッ！」とお腹を押さえる初葉。

「えっと……俺も腹減ったし、何か食べに行くか？」

「い、いい！　大丈夫！　それより、他のとこ――」

言った矢先に、再びお腹の虫の鳴き声が響いた。初葉は真っ赤を通り越し、涙目になってぷるぷると震える。

「いや……そんな無理するなって。ファミレスとかも近くにあるし」

「そうじゃなくて！　……………いの」

「え？」

「だ、だから！　食べたくても、今、お金がないの!!」

恥ずかしさで死にそうな顔をしながら、初葉がそう口にする。

「は……？　いや、でも、ないって言っても、少しはあるだろ？　コンビニもあるからこの際おにぎりとかでも――」

「それもないんだってば!!　ホントに、全然ないの！　おにぎりどころかチ●ルチョコも買えないの‼」

「そんなに⁉　え、具体的にいくらぐらいなんだ……？」

顔を茹でダコのようにしながら、初葉がぼそぼそと耳打ちしてくる。

「は⁉　十八円⁉」

「声が大きい‼　お兄ちゃんのバカ‼」

べし、と肩の辺りをはたかれるけど、そりゃ声だって出る。だってまさかの二桁。過去に圭太がガチャで爆死した時だって、さすがに数百円くらいは残ってた。

「いやお前、それっぽっちしか残ってないって、帰りどうするんだよ⁉」

「そ、それは大丈夫。元々、自転車で来てたし……電車賃、あんま余裕なかったから……」

「電車賃すらもないのになんでアキバに来ようと思った⁉　いや、っていうか、なんでそこまで金ないんだよ？」

「し、しょーがないじゃん！　男子にはわかんないかもだけど、服とかメイクとかアクセとか、ああいうの結構高いんだから！」

「けど、なんかお前、バイトしてるとかって話じゃなかったか？」

「それは……」

うっ、と、明らかに困った様子で、初葉が言葉を濁す。

「……実はそれ、バイトじゃなくて。あの、うち……お店やってて」

「店？」

「ええとその……居酒屋なんだけど」

聞けば、初葉はいつも放課後、両親の居酒屋を手伝っているのだという。ただ、友達の手前『家が居酒屋』とは言い出しにくく、バイトがある、と言って誤魔化していたらしい。

「家の手伝いあるから、バイトはできないし、うちだってそんな大きいお店じゃないからお小遣いも少ないし……だから毎月やりくり大変で……」

「そ、そうだったのか……」

そこで再び、初葉のお腹が「ぐぐぅ～」と鳴った。また、初葉の顔が赤く染まる。

「事情はわかったけど……でも、そんなになってるのに、何も食べないままじゃ体に良くないだろ。昼代くらいなら、俺が貸すから」

「だ、だめ！　借金だけは絶対するなって、お父さんから言われてるもん!!　お金のトラブルは人生狂わすんだから!!」

「昼代くらいでそんな大それたことになんねえよ!!」

しかし、初葉は頑なに、「大丈夫だから」と言って譲らない。しかしその間も腹の虫は鳴き続けており、ちっとも大丈夫ではなさそうだ。

（……しょうがないな）

まだ、レンタル時間は終わっていない。今の自分は、依然として初葉の『お兄ちゃん』だ。

だったら――。

「……初葉。ちょっとついてこい」

「え？　な、何急に……」

「いいから」

初葉の手を摑んで、歩き出す。

普段なら、クラスの女子相手にこんな強引なことなんてできなかっただろう。

でも、自分達は『兄妹』だ。少なくとも今は。

だったら、兄が妹の手を握るのに、躊躇う理由なんてない。

そのまま初葉を連れて、向かった先は近くにあるメイド喫茶だった。

戸惑い顔の初葉の手を引き、店の中に入る。すぐにメイドさんが飛んできて、二人を出迎えてくれた。

「お帰りなさいませ！　ご主人様！　お嬢様！　お席のご用意ができておりますので、こちらへどうぞ！」

「え？　あ、ど、どうも……」

　メイド喫茶は初体験らしい初葉が、反射的に、といった様子でメイドさんにお辞儀。そのまま、二人は奥のテーブルへと案内される。

　渡されたメニューを受け取って、圭太はそれを初葉に手渡した。

「ほら、初葉。好きなもの頼めよ」

「え……？」

「今日はせっかく一緒に買い物に来たんだし、お兄ちゃんの奢りだ。遠慮しないで、お腹一杯食べろよ？　なんならデザートもつけていいぞ」

「で、でも、そんなのいいって……！　アタシ、ホントに平気だし、いくら『お兄ちゃん』だからって、そんな甘えられな――」

「何言ってるんだ。可愛い妹がお腹空かせてるのに、放っておくお兄ちゃんなんかいるわけないだろ」

「かわ――!!」

　狼狽えていた様子だった初葉の顔が、一転して「ぼふっ！」と紅潮した。

「か、かわ、可愛いって……！」

「ああ、そうだ。初葉は、俺の可愛い妹（お前）だ。だから俺には、お兄ちゃんとして、妹（お前）を可愛がる権利がある」

「可愛がる⁉」

顔を真っ赤にしていた初葉が、今度は目を白黒させた。

「なんだよ。決められないのか？　これなんかオススメだぞ、オムライス」

「や、でも……そんな、悪いし……いくらお兄ちゃんでも……」

まだ遠慮が吹（ふ）っ切れないのか、初葉がもごもごと繰（く）り返す。

しかしその目は先ほどから、メニューの一角をちらちらと盗（ぬす）み見ていた。圭太がオススメだと言った、特製オムライス。

「すみませーん。特製オムライス二つお願いします」

「あ、ちょっ……！」

「はーい！　畏（かしこ）まりました、ご主人様！」

初葉は慌（あわ）てたけれど、何も言えないまま、メイドさんは奥に引っ込んでしまった。これで後は、料理が出来上がるのを待つのみである。

「お兄ちゃん……」

「いいから大人しく奢られてろ。お兄ちゃんが喜ぶことは、なんでもしてくれるんだろ？」

「あう……！　それは、確かに、そう言ったけど……」

それはいつだったか、初葉自身が言った言葉だ。初葉も忘れてはいなかったようで、恥ずかしそうに下を向いた。

「………。あの、お兄ちゃん」

「ん？」

「えと、その……ありが、とう」

圭太の顔を真っ直ぐ見られないのか、落ち着きなく目を伏せながら、初葉がぽつりと言う。

ただお昼をご馳走しただけなのに、その顔は今までのどんな時よりも、照れくさそうに見えた。

「別に、お礼なんかいいよ。お兄ちゃんだったら、こんなの当然だ」

「……うん」

はにかむように、初葉が小さく笑みを浮かべる。

さっき自分で『お兄ちゃんだから』と言ったばかりなのに、その顔がどうも『妹』に思えなくて……具体的にいえば、ちょっとドキッとしてしまって、圭太は視線を逸らす。

そのとき。圭太のポケットで、スマホの通知音が鳴った。

「何？　ＮＩＮＥ？」

「いや。ＯＰ回復しただけ」

「ＯＰ？」

「『お兄ちゃんポイント』だ」

「いや、そんな『当然だろ』みたいに言われても……」

話しながら、圭太は速やかにＳＧＯを起動させる。熟練お兄ちゃんにとっては最早流れ作業に近い。

「悪い、今ちょっとイベ中で、ＯＰ余らせたくないんだ。消化だけしていいか？」

「何言ってるのかよくわかんないけど……なんか大変そうだし、いいよ？」

初葉の許可を取り、圭太は手早くイベントクエストを進めていく。

と、暇だったのか、初葉が席を立ってこちらに来た。

「……ねえお兄ちゃん。これ、何やってるの？」

「今はクエストを走って交換素材を集めてるところだ」

「……これ、さっきからずっと同じところばっかり選んでるけど、他はやんなくていいの？」

「そこが最高効率なんだよ。ほらこれがドロップ表な」

画像フォルダから、各クエストの消費ＯＰと素材のドロップ数をまとめた表（有志作成）を見せる。覗き込んでくる初葉。

「……ねえ？　これだったらさ、いまお兄ちゃんがやってるところより、こっちいったほうが、一ＯＰ……？　とにかく、ポイントごとの効率って高くない？」

「いや数字だけ見るとそうなんだけど、そっちは俺の編成だと周回に時間掛かるから、時間給ならこっちのほうが効率よくて……っていうか、計算早いなお前」

ちらっと覗いただけですぐに最高効率を算出されて、驚きを隠せない。えへへ、と、初葉が得意そうに笑う。

「アタシ、こう見えて暗算得意なんだよね。昔っからお店手伝ってたから。聞いてよ？　うちなんてさ、今どきまだ電卓でお会計してるんだよ？」

「それは……すごいな」

「でしょー。でもね、お父さんの作る料理はホント美味しいんだから！　お兄ちゃんも、お酒飲める歳になったらうちに来てよ！　アタシの名字とおんなじ、『かたせ』って名前なんだ。商店街でやってるから」

「何年後の話だよそれ……」

――そんな会話をしながら時間を潰し、ほどなくして。

「おいひい……！」

運ばれてきたオムライスを一口頰張るや、初葉は感動の声を漏らした。

「だろ？　俺も前に食べたとき、スゲーうまいと思ってさ。また来たいと思ってたんだ」

「うん……！　ありがとう、お兄ちゃん！」

よほど美味しいのか、それともお腹が空いていたのか、夢中でオムライスを口に運ぶ初葉。そんな『妹』を見守りつつ、圭太も自分の分に手を付ける。

――だが、しばらくして。

「……お兄ちゃん？」

「うん？」

ふと顔を上げると、いつの間にか初葉が手を止め、じっとこちらを見ていた。

何やら、頰を赤くして。

「どうした？」

「う、うん……あのね？　今のアタシは……お兄ちゃんの、可愛い妹、なんだよね？」

「ああ。そりゃもちろん」

「……可愛がって、くれるんだよね？」

なんだか、妙にドキリとする言い方だった。そういう意味じゃない、と頭では思っていても、一瞬、頷くのに躊躇する。

圭太の返事を待たず、初葉はさらに口を開いた。

「だったらさ……アタシ、お兄ちゃんに、してほしいことがあるんだけど……」

「し、してほしいこと？」

急にドキドキし始める圭太の前に、すっと、スプーンが差し出される。初葉が今の今まで、使っていたもの。

「あ……あーん、して……？」

おずおずと、恥ずかしげに。

上目遣いでおねだりされて、脈拍が一気に上昇する。

このドキドキは、『妹』に対するものなのか。

それとも……初葉自身に対してのものなのか。

自分でも、よくわからない。

「ねー、お兄ちゃん。あーん」

「わ、わかったよ……それじゃ」

妹におねだりされたら、応えるのが兄の務め。圭太はスプーンを受け取って、そっと初葉の口元に、オムライスを持っていく。

「ほら、初葉。あーん……」

「あーん」

スプーンを差し出すと、初葉は小さい子供みたいに、大きく口を開けた。わずかに舌を伸ばしているのが、率直に言ってエロい。

「ん……おにひひゃん……？」

もぐもぐとオムライスを咀嚼しながら、初葉が圭太を見る。

妙な想像をしていたと気付かれそうで、圭太は慌てて手を引っ込めたが。

「あ……！　ま、待って！」

伸びてきた手が、圭太の手首を掴む。

そして、

「も……もっと、ちょーだい？」

さっきよりももっと赤くなった顔で、妹は、またもおねだりをするのだった。

「すみませーん。お会計お願いしまーす」

「畏まりましたー！　ご利用ありがとうございます、ご主人様！」

レジで伝票を手渡し、支払いを済ませる。横で見ていた初葉は、なんだか恐縮した様子だ。

「お兄ちゃん……あの、ごめんね？」

「大丈夫だって」

「こ、このお礼は、いつか必ず体で払うから！」

「紛らわしい言い方はよせよ!!」

と、レジでお釣りの準備をしていたメイドさんが、「ところでご主人様」と、チケットのようなものを取り出す。

「……これは？」

「はい！　実はですね、当店ではカップルでお越しいただいたご主人様とお嬢様を対象に、次回ご利用時に使用できるクーポンをお渡ししておりまして！」

「はあ……」

……圭太が気にすることではないけれど、メイド喫茶にカップルで訪れるお客さんは果たしてどのくらいいるのだろうか、などと思ったところで。

「よろしければどうぞ！」

「え!?　い、いや俺達は——」

なんの疑問もなく差し出され、慌てる。

だが、圭太が説明を口にする前に。

「ち、違います！　アタシと、お、お兄ちゃんは……カップルじゃなくて、兄妹なんです！」

ぎゅ、と、圭太の腕に抱き付いて。初葉が、真っ赤な顔で叫ぶ。それこそ、店中に聞こえるような声で。

「あら、そうなんですか？　それは失礼しました」

特に動じもせず、メイドさんはささっとクーポンをしまう。

しかし、圭太は自分の顔が赤くなっていくのをどうすることもできない。

確かに、カップルではない。何も間違ってはいない。いや、正しくは兄妹でもないのだけれど、『カップルです』と主張するよりはまだマシな言い訳だと思う……多分。

なのに――こんなに照れくさくなるのはどうしてだろう。

ちらと見れば、初葉もすっかり顔を紅潮させていた。けれど圭太と目が合うと、どういうわけか、嬉しそうに「えへへ」と頬を緩める。ついでに言えば、圭太の腕を離す気もさっぱりないようだった。

「それでは、いってらっしゃいませ！　ご主人様！　お嬢様！　お帰りをお待ちしております！」

メイドさんの元気な声に送り出されて。二人は腕を組んだまま、メイド喫茶を後にするのだった――。

第六章　この中に一人、妹がいない

「圭──真島くん！　お久しぶりですね！」

「早川お前、ホントにまた来たのかよ……」

「当然です！　こんなおいしいチャンス逃すわけには（ｒｙゴッホン!!　私は真島くんの幼馴染ですから！　ここ数日風紀委員の仕事で時間が作れませんでしたが、今日は予定を空けてきましたから！　心ゆくまで──いえ！　閉店時間まで監督させていただきます！　いくらでも延長できるよう、今日はお金も下ろしてきましたし！」

　数日ぶりにやってきた（というか来てしまった）仁奈が、財布を握り締めて言う。

「……ところで、そちらの方は？」

「は、初めまして！　新入りお兄ちゃんの、妹尾瑞希と言います！　兄さんには、いつもお世話になっています！」

「兄さん!?　兄さんとは!?　一体どういうことですか真島くん!!　私という妹がありながら、また新しい妹に手を出したんですか!!」

「いやお前は妹じゃないし瑞希ちゃんも別に俺の妹ってわけじゃなくて！　兄さんって言うのは先輩的な意味でだな――」

瑞希がバイトの後輩であることを説明すると、仁奈は「そうですか」とほっとした様子を見せた。

「なるほどなるほど……よくわかりました。つまり、真島くんの妹は依然として私一人だけだということですね。他の方には手を出し――いえ、ご迷惑を掛けてはいないと。それなら問題ありません！」

「だから早川、妹とかお兄ちゃんってのはあくまでバイトの上でのことで、俺はホントにお前を妹にしたつもりはちっとも――」

「失礼しまーす！　真島いるー？　あのさ、今日もレンタルお願いしたいんだけど――って、は、早川さん⁉」

「片瀬⁉　お前も来たのかよ⁉」

驚く圭太をよそに、初葉は仁奈を見つめて固まっていた。そういえば、初葉と仁奈がここで顔を合わせるのは、これが初めてのことだ。

「な、なんで、あの鬼風紀の早川さんがここに⁉　ま、まさか、アタシやお兄ちゃんのこと捕まえに……⁉」

「そう言うあなたは、真島くんのクラスの片瀬さん……え？　待ってください。今、真島くんのこと『お兄ちゃん』って言ってませんでした？　知り合いなんですか？　いつ知り合ったんですか？　真島くん？　真島くん⁉」

「いや、片瀬……！　早川も！　説明するからちょっと落ち着──」

「ヤ、ヤバイよお兄ちゃん‼　『レンタルお兄ちゃん』なんてやってたの知られちゃったら、アタシ達退学だよ‼　逃げよう‼」

「違う、片瀬、だから──」

「あああ！　な、何故、どうして腕を組む必要が⁉　見せ付けているんですか⁉　匂わせアピというやつですか！　いいでしょう、そちらがそのつもりだというなら私にも考えがあります‼」

「ちょっ……待った待った待った！　なんでお前ら俺の腕を摑んで引っ張るんだ⁉　やめろよ！　服伸びる、伸びるって！」

それぞれに圭太の腕（というか服）を摑んで、初葉と仁奈が思い切り引っ張ってくる。

「に、兄さん⁉　大丈夫ですか⁉」

圭太のピンチを察して、瑞希が慌てたように駆け寄ってきた。

普通なら天の助け──しかし圭太は知っている。彼女が類い稀なドジっ子であることを……。

そして、圭太の予感は的中した。

「きゃう⁉」

例によって、瑞希は何もないところで足をもつれさせ、思いっ切り転んだ。

そしてそのまますっ飛んでくる、圭太達のほうへ。

――圭太、初葉、仁奈、瑞希。四人それぞれの悲鳴と、人が倒れ折り重なるドタバタという騒音が、寂れた雑居ビルを揺らした。

「……ふむ、なるほど。偶然にも、真島くんと妹尾くん、そして二人の妹様はみな同じ学校の生徒だったわけか。それで、うっかり顔を合わせてちょっとした騒ぎになったと」

「そんなところです……」

まあ、ひどい目に遭った圭太からすると、『ちょっと』で済む騒ぎではなかったが。

五人がいるのはリビングフロア。ソファに腰を下ろしたり、テーブルの脇に立ったり、思い思いの場所に位置取り、互いに顔を見合わせている。

「まあ、そういうことならひとまず自己紹介から始めてみてはどうだろう。私と真島くんのことはみんな知っているだろうから、そちらの三人でということで」

「えと……初めまして、片瀬初葉です」

「一年B組早川仁奈、風紀委員所属です。よろしくお願いします」

「せ、妹尾瑞希、二年C組です！　兄さんと一緒に、ここで『お兄ちゃん』のバイトをしています！　不束者ですが、よろしくお願いします！」

「『え？　先輩？』」

「え？　お、お二人とも、どうしてそこで驚いた顔を……？」

玲に促され、順に自己紹介をする三人。

しかし、名を名乗ったからすぐに和気藹々、とはいかないようで、現場には相変わらず微妙な空気が満ち満ちる。

「……あ、あー。でもさ！　アタシ、びっくりしちゃった。早川さんって、こーゆーとこ来るんだね！　意外ー」

最初に口を開いたのは初葉だった。

いかにもリア充らしい、気さくな口調。

けれど、アキバで初葉の本音を聞かされた今、圭太には、彼女が気を張っているのがなんとなくわかった。

本当は、緊張しているのに違いない。できることなら大人しくしていたくて——でも、それではいつまでも空気が良くならないままだから、精一杯頑張って、自分から歩み寄ろうとしているのだと思う。

幸い、校則違反には厳しい仁奈も、風紀委員の職務を離れれば、人当たりのいい優等生だ。今も初葉の言葉に、にこりと優雅な笑みを返して——。

「いいえ。私はただ、真島くんがここでアルバイトをしているというので、会いに来ていただけです。ただのクラスメイトの片瀬さんはご存じなかったと思いますが、何しろ私、真島くんの幼馴染なので」

（あれ……？）

おかしい。

仁奈は間違いなく笑っているのに、その穏やかな口調に、なんだか凄まじい威圧感を覚える。

初葉もまた、言葉の奥に潜む不穏な気配を敏感に感じ取ったようだ。「う……」と、一瞬気圧されるような表情になる。

そして、助けを求めるように、圭太に話を振ってきた。

「へ、へえ！　お兄ちゃんと早川さん、幼馴染だったんだ！　知らなかったー。もー、お兄ちゃんってば、言ってくれたらいいのにー」

瞬間、「ピクッ」と仁奈の眉が動いたのを、圭太は見てしまった。我知らず、冷や汗が服の下を伝い落ちる。

（いや、ちょっ……ちょっと!!　ちょっと待てよ!!　なんだよこの空気!!）

どうやら仁奈は、圭太と初葉の関係を疑っているらしい。圭太が『レンタルお兄ちゃん』を悪用して、クラスメイトといかがわしいことをしようとしているとでも思っているのかもしれない。誤解だ。

仁奈は警戒も露わに初葉を睨み、初葉は居心地悪そうに肩を縮める。図らずも、一触即発のような空気を醸し出す二人。

そんな中、玲がぽつりと。

「なるほど……シェアお兄ちゃんもありだな」

「は……!?　しゅ、主任……？」

「まあまあ、真島くんはちょっと黙っていてくれ。……二人とも、少しいいだろうか」

フッ、とクールに微笑んで、玲は対峙する三人に向き直った。

「片瀬さんも早川さんも、今日はここにレンタルサービスを利用しに来たのだと思う。しかし我々にとっては非常に残念なことに、今日という時間は有限であり、ついでにいえば真島くんの体も一つしかない」

「俺の体はついでかよ……」

「そこでだ」

一度言葉を切り、圭太の上司は堂々と告げる。

「どうだろう……ここは一つ、二人で妹になってみるというのは？」

──と、いうわけで。

（……俺はなんでこんなところで裸になってなきゃならないんだ）

リビングフロアの奥に（知らないうちに）設けられたバスルーム。プラスチックのイスに腰を下ろして、圭太は「はあ……」とため息を吐く。

玲の指示により、圭太の格好は全裸にタオル一枚。五月だから幸い寒くはないけれど、その代わり、「俺は何をやっているんだ」的な虚無感が果てしなく押し寄せてくる。

——ことの経緯は次の通りだ。

玲の口にした『シェアお兄ちゃんシステム』。要は今までのように『兄と妹』の一対一ではなく、一度に複数の『妹』をまとめて接客するということらしい。

確かに、世の中には妹が二人とか三人とか、あるいは十二人とかの兄妹だって存在する。それを考えれば、それほど突飛な思い付きでもない、かもしれない。

ただ……問題だったのは。

話をまとめる際、玲が余計な一言を追加したことで。

『そうだ。せっかくだからちょっとしたゲームも組み込もう。よりお兄ちゃんにアピールをして、『お兄ちゃんの愛情ポイント』を一番稼いだ妹の優勝だ。一位になった妹様には、この『お兄ちゃんになんでもおねだりできる券』を進呈しよう』

いわく、『妹ハーレムといえばお兄ちゃんの取り合いだろう』とのこと。確かにわかりみが深いけれど、だからって現実で再現しなくても。

かくして、急遽『どっちが一番お兄ちゃんと上手にお風呂に入れるか選手権』が執り行われることとなり、お兄ちゃん役の圭太は問答無用で身ぐるみ引っぺがされて今ここ。

（……っていうか、あいつら来るの遅くないか？　まさか俺、忘れられてないよな……？）

なんだか急に心配になって、脱衣所のドアに手を掛けたところで。

「きゃっ!?」

「わっ……！　あれ、瑞希ちゃん？」

脱衣所には、いつの間にか瑞希がいた。いきなり開いたドアにびっくりしたのか、こちらにお尻を突き出すような格好でうつ伏せになっている。

「大丈夫？　ほら、手貸して」

「ありがとうございま――ひゃわわ!?」

よろよろと身を起こした瑞希が、圭太の格好を見るなり、真っ赤になって顔を覆う。

「あ、ご、ごめん！」

そういえば、今の自分は裸なのだった。もちろん大事なところはタオルで隠しているけれど、女の子の前に出て行くような格好じゃない。

慌てて脱衣所に戻ろうとすると、

「ま、待ってください……！　わ、私……実は、兄さんのお手伝いをしに来たんです！」

「え……？　手伝い？　あ、もしかして、お兄ちゃん役を代わってくれるとか？」

瑞希に呼び止められ、振り返る。

しかし、瑞希は「いいえ！」と首を振った。何故か気合い十分な顔で。

「私は、まだお兄ちゃんとして未熟ですから、兄さんの代わりなんて務まりません。ですが！『妹』の代わりならなんとかなるだろうと、主任さんに言われまして！」

「――へ？」

「つ、つまりですね……！　不束者ながら、私も三人目の『妹』として、兄さんとお風呂に入ろうと思います!!」

「えええええ⁉」

何それ聞いてない。

「い、いや、一緒にお風呂って……！」

思わず目が行くのは、まだ服を着たままの瑞希の体。なんで学校指定の体操着を着ているのかは気になるが、そんなことは今は些細な問題である。

一緒にお風呂に入るということは、つまり、これを脱ぐということで——。

「あ、で、でも、裸になるのは恥ずかしいので、この服のままということで……」

「そ、そっか！　そうだよね！」

なんだがっかり——じゃなくて、良かった。安心した。よかった。

「では兄さん！　イスに座ってください！　不肖、妹の瑞希が、お背中をお流しします！」

「ありがとう……あの、でも、適当でいいからね？　どうせ主任の思い付きだし……」

「いいえ！　妹たるもの、兄さんの背中を流すのに、適当になんてできません！　妹ですから！」

キリッ、と真面目な顔で、瑞希はシャワーを手に取り、圭太の背中を流し始めた。

「ど、どうですか、兄さん……？　気持ち、いいですか……？」

「うん、ちょうどいいよ」

「私……男の人とこういうことをするのは初めてで……でも、兄さんが気持ち良くなってくれるよう、一生懸命頑張りますから！　してほしいことがあったら、なんでも言ってください！」

「う、うん……ありがとう」

だめだ。シャワーの話をしているだけなのに、全然違う意味にしか聞こえてこない。

必死に心を（あと体の一部も）鎮めようとする圭太をよそに、瑞希はシャワーを持ったまま、今度は石けんに手を伸ばした。体を洗ってくれるつもりらしい。

――が。その瞬間、瑞希のドジっ子が炸裂した。

「あう⁉」

「あだっ⁉」

慌てたような瑞希の声。同時に、圭太の頭をシャワーヘッドが直撃する。

どうやら、瑞希がシャワーを取り落としたようだ。圭太の頭に落下したシャワーが、でたらめな方向にお湯をまき散らし、浴室中を濡らす。もちろん圭太もすっかりずぶ濡れだ。

「ご、ごめんなさい兄さん！　大丈夫ですか⁉」

「だ、大丈夫……それより、瑞希ちゃんこそ濡れなかっ――ぶっ⁉」

背後の後輩を振り返って、圭太はそのまま噴きだした。

圭太のすぐ後ろにいた瑞希も、圭太同様すっかりシャワーを被ってしまっていた。白い体操着が濡れて透け、瑞希の華奢な体のラインを露わにする。あとついでに下着も。

「兄さん？　どうし——き、きゃー⁉」

遅れて自分の格好に気付いた瑞希が、真っ赤になりながら、腕で体を隠した。

その拍子に再びシャワーが落下。どういうわけか強くなっていた水圧が圭太の顔面を直撃して、圭太は思わず、「目がぁ‼」と叫ぶ。

一人目の挑戦者：妹尾瑞希。ドジっ子系妹。リタイアによりポイント獲得ならず。

◆◆◆

（い、いきなり大変なものを見てしまった……）

瑞希が謝り倒しながら出て行った後。水浸しになった風呂場で、圭太は再び一人になる。

「……へくしっ！」

体が濡れてしまったせいか、さっきよりも肌寒い。

幸い、浴槽にはちゃんとお湯が張られている。仁奈か初葉がやってくるまで、温まらせてもらうことにしよう。

「……ふう」

肩までお湯に浸かると、自然と吐息が漏れる。

ゆったりと力を抜いたところで、ガラス戸の向こうに、人影が映った。

「……お兄様？　入ってもよろしいですか？」

「……!?　あ、仁奈か？　い、いいぞ……」

本当言うと全然良くないが、『妹』を閉め出すわけにもいかない。

「では、失礼します」

すっと、音もなくドアが開いて——直後、圭太は危うく、浴槽の中で溺れかける。

何故なら、現れた仁奈が、水着姿だったからだ。

「に、仁奈、お前っ……その格好!?」

「はい……久しぶりに、お兄様と一緒に、湯に浸かりたいと思いまして」

「子供の頃以来ですねっ」と、無邪気な笑顔で仁奈。

「い、いや、そういうことじゃなくて……！　だって、お前そんなのどこから——」

「家から持ってきておいたんです。こんなこともあろうかと」

「用意がいいにもほどがある!?」

　正直、圭太は油断していたのだ。さっきの瑞希が服を着たままだったから、他の二人もそうだろうと。

　そこにいきなりの水着である。なんの心の準備もできていなかったから、爆撃にも等しいその威力に、圭太はさっぱり対処できない。

　デザインはごく普通の、シンプルなワンピースタイプ。背中の部分がやや大胆に開いているものの、ビキニなどに比べれば、肌の露出はそれほどじゃない。

　だが、日頃、露出の多い格好をしない仁奈が着ると、ほんの少しの肌の露出、はっきりと見て取れる体のラインが、ひどくエロいものに見えてしまう。

（落ち着け、俺はお兄ちゃんだお兄ちゃん……お兄ちゃんは妹の水着にドキドキしたりなんてしない……エロいとか思わない……）

　じろじろ見てはいけない（鬼の風紀委員に説教をされるという意味で）。そうわかってはいるのだが、圭太は仁奈から視線を逸らすことができなくなる。

　圭太が狼狽えている間に、仁奈は洗い場に入ってくると、シャワーで体を流し始めた。水分を含んだ水着が、布地の色を変える。それだけのことにすら、なんだかドキドキしてしまう。

　しかし――仁奈の『アピール』は、その程度では済まなかった。

「それではお兄様。ご一緒してもよろしいですか？」

「は？　い、一緒って……」

「ですから、湯船に。また子供の頃のように、お兄様と一緒に入りたいのです」

「いや、けど、この浴槽だと、二人で入るのはさすがに――」

「ご心配なく。……失礼します」

すっと仁奈が動いて、湯船の中に足を差し入れる。水の中で足と足が触れ合って、思わず体を硬くする圭太。

そうして浴槽の中に立つと、仁奈はくるりと圭太に背を向けた。

そして――そのまま腰を下ろす。

圭太の胸に背を預け、足の間に入り込むようにして。

「は――に、仁奈!?」

「ふふふ。こうすれば、二人でも入れるでしょう？」

肩越しに微笑んで、仁奈がそっと体を預けてきた。

ぴったりと触れ合う、胸と背中。水着越しでも、仁奈の体の柔らかさははっきりと感じ取れて、いよいよ心臓のバクバクが止まらない。

しかもだ。圭太はなんとか体が触れないようにしているのだけれど、やはり浴室が狭いせいか、さっきから圭太の太ももとか腕とかに、仁奈の手やら指先やらが当たってしまうのだ。

――と。

「……懐かしいですね」

「えっ……？」

「覚えていますか、お兄様。子供の頃はよく、こうして一緒に、湯船に浸かりましたよね」

「あ、ああ……そんなことも、あったよな」

もちろん、仁奈と圭太は本当の兄妹じゃない。

でも、幼馴染ではあったから、子供の頃は、一緒にお風呂に入ることもあった。

「ねえ、お兄様。良かったらこれからも、また子供のように、こうやってご一緒してもいいですか？」

「は……!?」

一瞬ギョッとしてから、「いやいや！」と首を振る。

これはあくまで、『妹』としての設定に倣っているだけだ。なら、自分も兄として応えればいい。それだけの簡単なお仕事だ。

「そ、そんなわけにはいかないだろ？　俺達は、もう子供じゃないんだし……」

「……そうでしょうか？　確かに、子供ではありませんが、兄妹ではあります。なら……一緒にお風呂に入るくらい、構わないのではありませんか？」

「いやいや構わなくない！　構わなくないって！　常識的に考えて⁉」

「ですが、友人から聞いた話では、世間には、高校生になってもお父さんと一緒にお風呂に入る方がいらっしゃるといいます」

「マジで⁉」

そんな二次元みたいな家族設定が実在するというのか。

「要は、そのご家庭の方針次第なのです、お兄様。ですから、お兄様さえ『構わない』と仰っていただけるなら、私とお兄様が一緒にお風呂に入っていても、人から指図を受けるような謂われはありません」

「そ、そういう問題じゃ——」

「少なくとも、私は構いません。お兄様になら……それこそ、今ここで水着を脱いで、全てを見られたとしても」

「ぬ——」

脱ぐ？

水着を？

思わず、視線が、前を向く仁奈の背中に固定される。

仁奈はこちらを向かないので、その表情は見られない。肌が上気しているのは、お湯に浸かっているからか、それとも——。

（……ん？）

ふと。ももの辺りになんだか違和感を覚えて、圭太は浴槽の中に目を凝らす。

なんだろう。水面が揺れてよく見えないけれど、ちょうど圭太の太ももの辺りで、白い何かがワキワキと蠢いているような。

「はふ……はふー……！　はあ、圭太くん、これが圭太くんの太もも……！　ああ、これが膝小僧……！　ああ、あああっ、圭太くん圭太くん圭太くん……！　ふふ、ふふふふふふひひひはふぅ……」

「に、仁奈……？　仁奈おい!?　どうした!?　しっかりしろって!!」

かく、と力を失った仁奈の体が、そのまま湯船に沈んでいく。どうやら、完全にのぼせてしまったらしい。

「ちょっ……誰かー!!　瑞希ちゃーん!!」

慌てて仁奈の体を浴槽から引っ張り出し、圭太は必死に助けを呼ぶ。

仁奈はいつまでも伸びたまま、「ふへへ……」と、怪しい声を漏らしていた。

二人目の挑戦者：早川仁奈　変態――もとい、お嬢様系妹。意外性をついた水着でポイント大量獲得、暫定一位。

（……もう帰りたい）

駆けつけてきた瑞希に仁奈の介抱を頼んで、三度戻ってきた浴室。最早湯船に浸かる気にもならず、圭太はただただ、疲れた気持ちでため息を吐く。

残る『妹』は初葉のみ。しかし肝心の初葉は、未だに姿を現さない。仁奈が運び出されてもう随分経っているというのにだ。

（もしかして、『やっぱ無理！』とかってなってんのかな）

思い返してみれば、『妹』しているときの初葉は、教室での余裕っぷりとは裏腹に、いつもどこか恥ずかしそうだ。一緒にお風呂に入るなんてのは、さすがにハードルが高いのかもしれない。

だって、『兄妹』なんていうのはあくまでバイトの上の話で。実際の自分達は、ただのクラスメイトに過ぎないのだから。

（……て、なんで俺は、そんなわかりきったこと今さら考えてるんだ……？）

自分の思考に、圭太は無意識に首を捻り――。

「おっ……お兄ちゃんッ!!」

「うわああ!?」

突如、ぶち破るような勢いでドアを開けられ、びっくりして飛び上がる。

「な、は、初葉!?　なんだよ、驚かすなよ――」

言おうとした言葉が、途中で、何もかも吹っ飛ぶ。初葉の姿を見た瞬間。

洋服でもない。

水着でもない。

倒れるんじゃないかというほど顔を赤くして、洗い場に仁王立ちする初葉は。

——裸に、バスタオル一枚だった。

「は——!? な、なんっ、おお、おま、お前、なんっ、裸っ……ええ!?」

「だ、だって、お風呂に入るんだから、服脱ぐのは、当たり前じゃん……!!」

「そ、それは、そりゃそうだけど……!」

しかし、もっと柔軟な発想があっただろう。瑞希みたいに服のまま来るとか。仁奈みたいに水着着るとか。

「ま、待て！ と、とりあえず、一回脱衣所に戻ってくれよ！ お互い、冷静になってから話し合おう！」

「だ、だって!! もう脱いじゃったもん!!」

「じゃあ着ろ!?!?!?」

圭太が何を言おうとも、初葉は既に不退転の決意を固めているらしい。必死に恥ずかしさを堪えた涙目で——しかし、絶対に退かないぞという強い意志を感じる顔で、一歩、前に踏み出す。

つまりは圭太のいるほうへ。

「お、お兄ちゃん……！」

「おおお、落ち着け初葉！　ステイ！　それ以上いけない！　ほ、ほら、お兄ちゃんの言うこと聞きなさい！」

この前のアキバでの『出前』の時は、これでうまいこと言いくるめられた。

しかし……今日の初葉は何故か引き下がらなかった。

どころか、圭太のその言葉を聞いた瞬間、悔しそうに歯噛みする。

「な、なんで……!?　だって、ほ、他の二人とは一緒に入ったんでしょ……?」

「いや、他の二人は関係ないだろ……！」

「関係ある!!　あるよ!!」

ぐす、と鼻を啜る音が聞こえた。

ハッとして初葉の顔を見たら、その両目が潤んでいる。

「は、初葉……」

「だってお兄ちゃん、アタシがどんなに『お兄ちゃん』って言っても、妹みたいに、甘えても……なんかいつも、困った顔してるし。アタシのこと全然、『妹』として扱って、くんないじゃん……」

「それは……」

「それとも……アタシが、妹っぽくないから……妹みたいに可愛くないから、だめなの……？」

「違う！　そうじゃないって！」

……ただ、どうしたらいいかわからないだけだ。どんなに『お兄ちゃん』と呼んでもらったって、本当の妹みたいに甘えてもらったって、自分と初葉は、本当は『兄妹』じゃないから。

下手に踏み込んだら嫌われるんじゃないか。そんな意識が、いつも、圭太の行動にブレーキを掛ける。これ以上近付くことを躊躇わせる。

だけど、一緒に秋葉原に行ったとき。『お兄ちゃんなんだから奢らせろ』と告げた圭太に対し、初葉は遠慮しながらも、最終的には甘えてくれた。

そのときの、嬉しそうな笑顔を思う。

もしかしたら。遠慮なんてしないほうが。もっと『お兄ちゃん』らしく振る舞ったほうが、初葉を――妹を、笑顔にしてあげられるんだろうか。

だったら——。

「いやでもやっぱり裸は!!　裸はまずいと思うんですよね!!」

たとえ本当に兄妹でも、それは常識的に考えてよろしくないと思う。

「初葉、落ち着いてくれ！　お前の気持ちはよくわかったから！　話し合おう、服を着てから！」

「やだ!!　アタシは絶対、お兄ちゃんと一緒にお風呂に入るの!!　他の二人みたいに背中流すの!!」

圭太を逃がすまいとするように、初葉は「バッ！」と両手を広げて仁王立ち。

だがそれが間違いだった。

「——へ？」

初葉は現在、裸にバスタオル一枚巻いただけの状態。しかも、初葉自身気付いていなかったようだが、そのタオルの結び目はほどけかけていて。初葉が押さえていたからどうにかなっていた状態で。
その手を離して圭太の手を握れば、当然、バスタオルはずり落ちるわけで。

解き放たれる、たわわなおっぱい。
その威力を言い表せる語彙力を、圭太は未だ持たない。
ただ、たぷんっ、として、ぷるんっ、として、つんっ、としている。

見ていたら、なんだか「スー……」と意識が遠くなってきた。鼻から何か垂れている。
頭上に広がるお花畑。

「――――え……？　お、お兄ちゃん!?　すごい鼻血出てるんだけど!!　大丈夫!?」
焦ったような初葉の声を最後に、圭太は大量の鼻血を吹いて、意識を失った。

（……ん？）

目を開けると、何故かベッドの上だった。天井や壁に見覚えがあるので、恐らくここは、『お兄ちゃんのお部屋』だろう。

（あれ……？　俺は一体……？）

パチパチと瞬きを繰り返すうち、記憶がはっきりとしてくる。

何故か妹達とお風呂に入ることになり、最後に初葉がマッパを――と、そこまで思い出しかけて。


「…………ん」


すぐ真横から声が聞こえて、驚いた圭太は身を起こそうとする。

だができなかった。

圭太の腕を枕に、初葉が眠っていたから。圭太と同じベッドで。すぐそば、ぴったりと身を寄せ合うようにして。

腕に胸に足に、初葉の、柔らかな体が触れている。さっき風呂場で見てしまった光景が蘇ってきて、危うくまた鼻血を吹き出しそうになった。

「なっ……!?　は、初――」

慌てて離れようとして、気が付く。

すやすやと眠る初葉の顔。一見するとあどけないが……心なしか、いつもより顔色が悪いように思えたのだ。

(そういや……店の手伝いとか忙しいって言ってたっけか)

教室では明るく振る舞っているけれど、本当は疲れているのかもしれない。

いつだって余裕綽々で、リア充の強キャラ。

そんな風に思っていた彼女にも、そうではない一面があるのだと、今はもう知っているから。

(……そうだよな。お兄ちゃんだしな、俺)

起こしかけていた体を、再びベッドに横たえる。隣の初葉が目を覚ましてしまわないように。

……とはいえ。

（か、顔近い……）

腕枕をしている格好なので当然なのだが、初葉の顔がすぐ間近にあって、圭太は気が気じゃない。

というか、前にも思ったけれど、初葉のほうこそ平気なのだろうか。いくら『妹』で、『お兄ちゃん』だからって、それはレンタルの上でのことで、本当の自分達は、兄妹でもなんでもないのに。

それとも、初葉からしたら、その程度の割り切りはなんでもないことなのだろうか。いちいち気にして、ドギマギして、深読みしてしまう圭太が、ただ童貞(どうてい)なだけなんだろうか。

結局のところ。

初葉は、自分のことをどう思って――。

「うん…………お兄、ちゃん？」

ハッと、肩(かた)が震(ふる)える。

どうやら目を覚ましたらしい。半開きの眼(まなこ)で、初葉がぼーっとこちらを見つめていた。

「あ……起きたのか、初葉」

「ん……」

まだ眠気が抜けきらないのか、初葉は「ふあ……」と可愛らしくあくび。

──そして、何を思ったのか、むぎゅ、と、圭太に抱き付いてくる。

「ちょっ!? おおお、おい、初葉!?」

「えへへ……お兄ちゃんだ……おはよう、お兄ちゃん……すや」

「おはよう言いながら寝るなよ!! 起きろって!!」

むにむにと押し付けられるおっぱいを──じゃなくて、初葉の体を引っぺがす。

「ほら、起きろ初葉!! 朝だ──いや朝じゃないけど!! もう起きる時間だからほら!!

っていうか、店の手伝いはいいのか!?」

「あ! ヤバ!!」

パチリ、と初葉の目が開いた。圭太はホッと一息。

「やっと起きたか……寝ぼけるにしたって限度があるぞお前」

「ご、ごめん……」

「……なあ、初──」

『疲れているみたいだけど大丈夫か？』。そう言いかけて、言葉を止める。今はもう、レンタルの時間は終わっていたことを思い出したから。

「あの、さ。片瀬……」

「そうだ。それよりさ、真島は大丈夫？　すっごい鼻血出してたじゃん」

ひょい、と、初葉が顔を覗き込んできた。あまりに自然に距離を詰めてくるものだから、圭太は思わず顔を背けてしまう。

「だ、大丈夫だって」

「ホントに？　やっぱり、病院行ったほうが良くない？」

「だから平気だって。そ、それより、もう帰らなきゃいけないんだろ」

「ホントに？」「ダイジョブ？」と、繰り返し心配してくる初葉と二人、部屋を出る。

下の階を覗くと、玲が一人でタブレットを弄っていた。

「おや。真島くん、目を覚ましたのか。体調のほうは大丈夫か？」

「はい。すみません、ご迷惑おかけして……」

「お礼なら片瀬さんに言うといい。君が目を覚ますまでと、ずっとつきっきりで看病してくれていたんだ」

「……そうなのか？」

「や、そんな大したことじゃないって！　途中までは早川さん達も一緒にいたし」

驚いて初葉を見ると、彼女は照れくさそうに両手を振る。

仁奈と瑞希は、二人共門限があるため、先に帰ったそうだ。二人とも随分圭太のことを心配してくれていたらしいので、後で大丈夫だと連絡を入れておこう。

玲に改めて挨拶をして、圭太は帰るという初葉と一緒に店を出た。

しばらくすると、自然と会話はなくなり、お互い無言になった。

気まずいわけじゃない。

でも、何を話したらいいかもわからない。

そういう空気。

(……変だよな。考えてみれば)

バイトの間、『兄』と『妹』でいる時は、何も意識せずとも普通に言葉が出てくるのに。

ひとたびそれが終わったら、途端に掛ける言葉に迷ってしまう。

「……あのさ。おに——」

言いかけて、初葉が慌てたように、「じゃなくて!」と言う。まるで、さっきの圭太みたいに。

「えっと……真島さ。明日って、やっぱりバイト?」

「ああ、そのつもりだけど」

「……そっか」

不意に、初葉が立ち止まった。不思議に思い、圭太も足を止めて振り返る。

「あのさ？　真島には、なんだかんだ結構付き合ってもらっちゃったし、お得意様、ってゆーの？　……だから、言っとこうと思うんだけどさ」

「なんだよ、そんな改まって」

「アタシ……しばらく、あのお店、行けなくなると思う」

「え……？」

「お父さんがね、しばらく、入院することになったの。大変な病気とかじゃないんだけど、手術が必要らしくて……だからその間、アタシがお店手伝わないと」

「そう、なのか……」

そういえば、初葉の家は居酒屋をやっているといっていた。父親が入院なんて大事だと思うが、かといって、店を閉めるわけにもいかないのだろう。

「その……大丈夫なのか」

さっきの、眠っていた初葉の顔を思い出す。疲れたような面影は、もしかしたらそのせいだったのではないか。なんでもないような顔をしているけれど……本当は、無理をしているのではないか。

けれど、初葉は圭太の不安を、あっさりと笑い飛ばした。

「ちょ、そんな暗い顔しないでよ～。大丈夫だって。お父さん、前にもぎっくり腰で寝込んでたことあったし。へーきへーき」

初葉はそう言って、へら、と笑ったが……その顔はすぐに、寂しげな微笑へと変わる。

「ただ……お兄ちゃんに会えなくなるのは、ちょっと、寂しいかな」

そう言って笑う初葉の姿に、胸が締め付けられる——何故か。

だから。

「……俺も、何か手伝おうか？」

気が付いたら、そんな言葉が口から出ていた。初葉が驚いた顔をする。圭太も、自分で自分の発言にびっくりしていた。

——けれど。

「え、えー！　いいよ、そんなの！」

あっさりと、初葉は笑顔でそう言った。特に悩んだ様子もなく、ごくごく軽い調子で。

「そりゃ……手伝い来てくれたら助かるし、嬉しいけど。でも、そこまで迷惑かけらんないもん。前に真島も言ってたけど……『お兄ちゃん』っていっても、結局バイトの話だし。アタシ達、ホントはただの、クラスメイトじゃん？」

　それは、かつて圭太自身が言ったことで。実際、その通りで。

　だから圭太は、初葉の言葉に頷（うなず）くしかない。心の中に、モヤモヤしたものを抱（かか）えつつも。

「……そっか。そう、だよな……悪い、変なこと言って」

「気にしないでいいよ～。心配してくれて嬉しかったし。でも、ダイジョブだって。アタシの家のことなんだから、ちゃんと家族でなんとかするよ」

　そう言うと同時に、初葉は足を止めた。「アタシこっちだから」と、駅とは反対の道を指差す。

「真島は電車でしょ？　アタシはここでいいから。またガッコでね」

「あ、ああ……」

『家まで送っていこうか』。そんな言葉が、喉（のど）まで出かかった。

　けれど、言えない。ただのクラスメイトなのに、出しゃばったことは言わないほうがいいんじゃないか。そんな気がして。

　圭太が無言でいるうちに、「んじゃね」と、初葉が踵（きびす）を返す。

　そのまま、彼女は行ってしまった。振り返ることもなく。

　……なんだか釈然（しゃくぜん）としない気持ちを抱えたまま、圭太も歩き出す。

　駅へ着き、電車に乗り込んで。しかし、家の最寄（もよ）り駅に着いてからも、もやもやとした気持ちは一向に晴れない。

（いや……違う。俺は、ただ、がっかりしてるだけだ）

あの時は自覚がなかったけれど。圭太が「手伝う」と言えば、初葉は拒んだりしないだろうと思っていたのだ。

むしろ……喜んでもらえるんじゃないか。そう思ってた。

いつもみたいに、『妹』のように、甘えてくれるんじゃないかと。

でも、実際は違った。

当たり前だ。圭太と初葉は、実際には兄妹でもなんでもないのだから。

（よく考えたら俺……めちゃくちゃ恥ずかしい奴じゃねえか……）

ただの『フリ』を本気にするとか、ネトゲのロールプレイをガチに受け取ってしまう痛い人みたいだ。しかもそれを拒まれてガチヘコみ。今年の『イタいオブザイヤー』受賞確定である。

（……帰ろ）

がっくりと肩を落としながら、圭太はとぼとぼと、家に帰っていった。

第七章　ノーシスター・ノーライフ

「――さん。……いさん……兄さん！」

「え……？」

ハッと、我に返る。

そうなって初めて、圭太は、自分がぼんやりしていたことを自覚した。

「兄さん……どうかしたんですか？　なんだか今日、ずっと上の空ですけど……」

「いや……ごめん、瑞希ちゃん。なんでもないから」

心配そうに見つめてくる瑞希に、首を振って返す。

放課後。圭太はいつも通り、店でレンタルお兄ちゃんのバイトをしていた。

ソファに座る圭太の膝(ひざ)の上では、『甘(あま)えんぼう妹セット』を購入(こうにゅう)した仁奈が「えへへー……にぃにのお膝ー……」とかなんとか言いながら蕩(とろ)けている。相変わらず完璧(かんぺき)なりきりっぷりだった。

しかし今の圭太には、それらの出来事もどこか遠い世界のことのように感じられる。

無言で、壁(かべ)の時計を見上げた。考えるのは――初葉のこと。

(片瀬のやつ……今頃(いまごろ)何してんのかな)

居酒屋なのだから、この時間はまだ開店していないだろう。仕込みとか、準備とか、そういうことをしているのだろうか。

そんなことばかり考えて、ちっともバイトに集中できない。

「……真島くん」

不意に、仁奈が体を起こした。

まだレンタル時間は終わっていない。

にもかかわらず『妹』の演技をやめたのは、圭太の様子がおかしいことに気付いているからだろう。こちらの顔を覗き込んでくるその表情は、さっきの瑞希と同じ。心配そうだ。

「私のことなら気にしなくていいですから、少し休んできてください。顔色があまりよくありません」

「早川……でも、まだ時間が……」

「それなら気にしなくていい。今回は使わなかった時間は、自動延長ということで次回にあてよう」

「そうですよ、兄さん！　無理はよくありません。兄さんがいない間は、私が仁奈さんをお世話しますから！」

「すみません……それじゃあ、少し休んできます。早川も、瑞希ちゃんも、悪い……」

「気に病まないでください。今日は予定もありませんし、ここでゆっくりしていますから」

「あとのことは任せてください、兄さん！」

三人に頭を下げて、フロアを出る。

実のところ、ここ最近、あれこれと考えてしまって寝不足でもあった。下の私室フロアのベッドで、少し横にならせてもらおう。

（ふう……）

階段を降りて部屋に向かい、ベッドに身を投げ出す。

けれど、やっぱり眠ることはできなかった。

目を閉じると、どうしても初葉の顔が浮かんできてしまって。

……いっそのこと、と思う。

こんなのは馬鹿げた考えだって、自分でも思うけれど。

いっそのこと、彼女と自分が、本当の兄妹になってしまえたらいいのにって――。

「……兄さん？　寝ちゃってますか……？」

「瑞希ちゃん？」

そっとドアの開く音がして、体を起こす。見れば、瑞希がマグカップを手に、部屋の中を覗き込んでいた。

「すみません、起こしちゃいましたか？」

「ううん。寝てたわけじゃないから大丈夫だよ」

「それなら良かったですけど……あ、これ、そば茶です。ノンカフェインなので、寝る前でも飲めるかと思って」

「ありがとう……っていうか、そば茶なんてあったんだ……」

「ですよね、私もびっくりしました。あのキッチン、他にも色んなお茶がありましたよ。ルイボスティーとか、鉄観音茶とか……あ！　あと、コピ・ルアクもあったんですよ！」

「コピ……何それ？」

「あのですね、ジャコウネコの――」

「待って。その先聞いたことあるから言わなくていい」

天使みたいな後輩の口から、ウ●チ的な単語は聞きたくない。

「……あの、兄さん。もし、私の勘違いだったらごめんなさい……もしかして、片瀬さんと何か、ありましたか……？」

「……！」

思わず、カップを持つ手が震えてしまった。

「……なんで、そう思うの？」

「いえ。ただ、あれから片瀬さん、ずっといらっしゃらないので……兄さんの元気がなくなったのも、ちょうどその日からですし……」

「そっか……そりゃ、わかるよな」

ははは、と、つい、力ない声が漏れる。

瑞希は真面目な顔になり、じっと圭太の顔を覗き込んできた。

「あの、兄さん。私で良ければ、話してください。その、私じゃ大して力にはなれないかもしれませんけど……兄さんは、先輩ですから。私にできることがあるなら、なんでもしたいんです」

「力になれないなんてことないよ。ありがとう、瑞希ちゃん」

こうしてここにいてくれるだけでも、十分気が楽になっている。

力なく笑う圭太の顔をしばらく見て、瑞希は「わかりました！」と意気込んだ顔をした。

そして、圭太の隣に腰を下ろす。

「さあ兄さん！　どうぞ！」

そう言って、膝の上で両手を広げる瑞希。どうやら、膝枕をしてくれる、というジェスチャーらしいが。

「いや、瑞希ちゃん、気持ちは嬉しいけど――」

「大丈夫です！　遠慮しないでください！」

「うん、でも、そこまでしてくれなくても――」

「ど、どうぞ……!!」

「……じゃ、じゃあ……失礼します」

瑞希が段々涙目になってきたので、圭太は素直に膝枕されることにした。

体を少しずらして、瑞希の太ももに頭を乗せる。ほっそりしているけれど、その膝の上は十分すぎるくらい柔らかい。

「どうですか、兄さん。私、膝枕、上手くできているでしょうか……？」

「うん、十分。すごくリラックスできるよ。このまま寝ちゃいそうなくらい」

「それなら良かったです」

嬉しそうに笑って、瑞希が圭太の髪を撫でてくる。触れられるたびに自然と体の強ばりが解けていく、不思議なほど心地いい手付きだった。

「なんか、ごめん……」

「どうして謝るんですか」

「いや、だってさ。俺のほうが先輩で……兄さんなのに。こんな風に甘えちゃって」

「いいんですよ。兄さんはいつも頑張ってるんですから、たまには甘えてください。……妹だって、大好きなお兄ちゃんに頼ってもらえたら、すごく嬉しいんですよ？」

　圭太の頭を撫でながら、瑞希が笑う。

「……！」

　今度は、さっきよりももっと大きく手が震えた。

　大好き。恋愛的な意味じゃないとはわかっているけれど、こんな笑顔で言われたら、ドキドキしないほうがおかしい。

　……けれど、今の圭太には、瑞希の真っ直ぐな好意が、逆に辛かった。

「気持ちは嬉しいけど……俺は、そんな風に言ってもらえるような『お兄ちゃん』じゃないよ」

「そんなことは――」

「……片瀬にさ。言われたんだ。『ただのクラスメイトじゃん』って。いや、最初にそれを言ったのは俺だし……」

気が付いたら、圭太はいつの間にか、瑞希に胸のうちを打ち明けていた。

困っていた初葉に対し、手伝いを申し出たこと。けれど、それを断られたこと。初葉の家のことなど、プライベートな部分を伏せつつ、胸にわだかまっていた思いを言葉にしていく。

「変だよな。俺なんかレンタルで『兄』になってただけなのに、勝手にホントの妹みたいな気分になって、余計な世話焼いたり、心配したりしてさ……」

「そんなことないですよ。兄さんはいつも優しいですし……少なくとも私は、兄さんみたいなお兄さんがいたら、すごく嬉しいと思います。それに……本当の兄じゃないからこそ、片瀬さんのことを本当に『妹』だと思って、そんな風に真剣に心配している兄さんは、とても優しい人だって、私、思いますよ？」

そう言って微笑んでくれる顔は、妹というよりも姉のようだった。そういえば彼女が年上だったことを、圭太は今さらのように思い出す。

「そうかな……でもやっぱり、本当の兄妹には敵わないよ。俺は瑞希ちゃんみたいに、実際に妹がいるわけじゃないし」

「そうですか？　……でも私は、そんなことないと思いますけど」

優しく圭太の髪を梳きながら、瑞希はそう言った。なんでもないことのように。

「血の繋がりって、何か特別なもののように思えますけど……でも、実際に目に見えるわけじゃないですし。私だって、普段あんまり、意識することなんかないですよ？　それでも、『家族』が特別なのは……単純に、一緒にいる時間が長いからだと思います」

「一緒にいる時間……」

「はい。なんせ、一緒に住んでますもん。嫌でもいろんな面が見えてきますし、見せちゃいますし……だからこそ、喧嘩になることも多いですけどね」

くすりと、悪戯っぽく笑って、瑞希がこちらの顔を覗き込んでくる。……何かを、期待するような目。

「でもさ。それって結局、本当に兄妹だから思うことなんじゃないか？　血の繋がりは、何があっても変わらないから……だからこそ、意識して大事にしなくても、上手くやれるっていうか」

「そうですね。そうかもしれません。……でも、そうじゃないかもしれないですよ？　そういう兄さんこそ、どうしてそんなに、『本当の兄妹』かどうかってことに、こだわるんですか？」

「俺は、別に……」

こだわってるつもりなんかない。そう言いかけて、口を噤む。

（いや、瑞希ちゃんの言う通りだ。俺はずっと、そればっかり考えてて……でも、仕方ないじゃないか、そんなの）

本当は、兄でも何でもない、ただのクラスメイト。

そんな自分が、初葉に対して何かをしようとすることは、どうしたって勇気が要る。少なくとも圭太にとっては。『お兄ちゃんじゃないのに』、『クラスメイトのくせに』と、初葉から拒まれるかもと思うと、動けない。

本当の兄妹なら、喧嘩をしたって仲直りができる。

だけど……自分達の関係はそうじゃないから。一度壊れてしまったら、もう元には戻せない。

……遠い昔。『大っ嫌い』と、泣かせてしまったあの妹に、あれっきり会えなかったように。

初葉とは、そうなりたくない。これからも彼女に、『お兄ちゃん』と、そう呼んで、頼ってほしいと思っている。

いつの間にか、そんな風に思っていた自分に今頃気付いて、圭太は笑ってしまった。

だけど、そんな風に思ってしまうくらい、『妹』でいる時の初葉は、本当に可愛かったのだ。

いつも人をからかって、余裕ぶって、苦手だと思っていた彼女。

だけど、本当の彼女は、案外恥ずかしがり屋だということを知った。実は人見知りする性格であることを知った。クラスのみんなは誰も知らないだろうけど……お兄ちゃんを前にすると、結構甘えたがりなのだということも。

知らなかった、想像していなかった一面を見るたび、彼女と過ごす時間が楽しみになって。それこそ、本当に妹ができたみたいに。

だから、自分も『兄』としてできることはしよう……してあげたいと。

（そうだよ。だからあのときも、手伝いたいって、そう思って……）

疲れているように見えた。本当は人見知りがちな彼女が、一人で接客をするのは大変だろうと、気が付いていた。

それなのに、自分はたった一度『大丈夫だから』と言われたくらいで、何もかもに目を瞑って逃げてしまった。ただ、彼女に拒まれたくないからという理由だけで。

今さらに、思う。それで本当に、良かったのか。

初葉が無理をしていると……本当は困っているのだと、気付いてあげられるのは、自分だけだったのに。

——決まっている。

いいわけがない。

『あなたは『お兄ちゃん』として、病めるときも健やかなるときも、富めるときも貧しきときも、妹を愛し、敬い、慈しむことを誓いますか?』

以前、玲から渡されたマニュアルに書かれていた、『お兄ちゃん』の心得。

あのときは「なんじゃこりゃ」と思ったけれど……考えてみれば、あの言葉は正しかった。

だって、お兄ちゃんはどんなときだって、妹のことを愛して、守ってあげるものなのだから。

少なくとも、圭太が今までに読んできたラノベや漫画(まんが)の『お兄ちゃん(主人公)』達はそうだった。『妹(ヒロイン)』が困っているのに、ただ手をこまねいている『お兄ちゃん』なんて、どんな作品にも出てきやしない。

だったら、圭太だって動かなければ。

たとえお節介(せっかい)だと思われても。またからかわれて、恥(は)ずかしい思いをするとしても。そんなことなんかより、ただ、大切な『妹(彼女)』のために。

「え……？　兄さん？」

「ありがとう瑞希ちゃん！　俺、行かなきゃ！」

がばりと起き上がった圭太を、瑞希が驚いて見上げる。

そんな彼女に礼を言い、圭太はフロアを飛び出した。階段を駆け上がって、上の階にいる玲と仁奈のもとへ向かう。

「主任！」

「ん？　なんだ真島くん、もう体調はいいのか？」

バン！　と勢い良く中へ飛び込むと、玲と仁奈が顔を上げた。どうやら二人でカードゲームをしていたらしい。

「急にすみません！　バイトの途中なんですけど、一旦、ここを離れてもいいですか！」

「ふむ。理由を聞いても？」

「デリバリーです!!」

「そんな依頼は入っていなかったはずだが？」

「……確かに、向こうから頼まれたわけじゃありません。でも！　妹が助けを求めているなら、たとえお節介でも余計なお世話でも、駆けつけるのがお兄ちゃんってもんでしょ!!　違いますか!?」

……そんなお節介は要らないと、また笑われるだけかもしれない。今度こそ、しつこいと、鬱陶しがられてしまうかもしれない。

けれど。だからといってこのまま手をこまねいていたら、それこそお兄ちゃん失格だ。

たとえ初葉から拒まれなくたって、こんな情けない奴のことを、彼女は二度と『お兄ちゃん』なんて呼んではくれないだろう。


だったら。不安でも、怖くても、動くしかない。


力強く宣言する圭太を、玲がじっと見つめる。

しばらくして、その口元に、小さな笑みが浮かんだ。

「……ふふ。だいぶいい顔をするようになってきたじゃないか。それでこそ、私が見込んだお兄ちゃんだ」

「じゃあ……！」

「ああ。デリバリーを許可しよう。行ってくるといい」

「ありがとうございます！　早川も、ごめん……！」

「気にしないでください。兄の帰りを待つのも、妹の務めですから。……行ってらっしゃい、お兄様」

仁奈の笑顔に見送られて、圭太は踵を返す。

踊り場に出たところで、下の階から瑞希が走ってきた。

「兄さん！　これ……！　兄さんの荷物、持ってきました！」

「ありがとう、瑞希ちゃん！」

「行ってきてください！　あとのことは、私が頑張りますから！」

「ファイトです！」と、ガッツポーズをしてみせる瑞希。

ここまで来たら、後はもう走るだけだ。

瑞希から受け取った荷物を抱え、圭太は雑居ビルを飛び出した。

◆◆◆

——までは良かったのだが。

「って俺、片瀬の家どこか知らねえじゃん!!」

いざ初葉のもとへ駆けつけようとして、肝心なことに気が付く。

ひとまず、先日初葉と一緒に帰ったときに別れた場所まで来てみたはいいが、そこから先は、どこをどう行っていいのかさっぱりだ。

（い、いや、落ち着け俺！　思い出せ！　片瀬が店のこと話してくれたとき……なんか他に言ってなかったか⁉）

直接尋(たず)ねたわけじゃない。

だが、圭太と初葉の間には、今日まで『兄と妹』として過ごした時間がある。交わした言葉がある。かつて、ただのクラスメイトだった頃のように、全く何も知らないわけじゃないのだ。

（そうだ、店の名前が『かたせ』だって……商店街で店やってるとも言ってたよな？）

駅名と、以前教えてもらった『かたせ』という名前で調べてみると、それらしいのがヒットした。

本当にこれで合っているかはわからないが、今はとにかく行ってみるしかない。

幸い、出てきた店の住所はここから徒歩で行ける範囲(はんい)だ。悩(なや)んでいる間も惜(お)しみ、圭太は駆け出す。

店に着くと、辺りはもう暗くなっていた。

(ここ……だよな)

店の中からは明かりが漏れ、ガヤガヤと賑やかな話し声が聞こえてくる。どうやら営業中のようだ。

居酒屋なんて、当然、今までに入ったことなどない。もしもここが初葉の家でなかったら、気まずいなんてものじゃないが……。

けれど、今の圭太はお兄ちゃんだから。

妹のためなら、自分がちょっと恥を掻くくらい、なんでもない。

ガラッと、入り口の引き戸を勢い良く開ける。

途端、わずかに漏れ聞こえる程度だった中の話し声が、一気に大きくなって――。

「――らっしゃーせー!! お一人ですかー………って」

店内の喧噪の中でもはっきり耳に届く、元気な声。

「お、お兄ちゃ――じゃない!!　真島!?　なんでここに!?」

片手にビールジョッキ、もう片方の手に料理の皿を持った初葉が、圭太のほうを振り返って目を見開く。

動きやすさを重視してか、くたびれたTシャツにホットパンツという姿は、普段の垢抜けた彼女からは想像もできない。

圭太がじっと見ているのに気付いてか、初葉は体を隠すように肩を縮こまらせる。

「あ、ああの、違うの！　この格好は、お店出てると汚れるからで、いつもこんなテキトーな服着てるわけじゃなくて……！」

「おーい、初葉ちゃーん。話し込んでるとこ悪いんだが、ビール持ってきてくれねえかー」

「こっちも料理頼むよー」

店のあちこちから、お客さんが軽く手を振ってくる。

軽く見回すと、店内はほぼ満席。狭いカウンターの向こうでは、エプロンを着けた女性が忙しそうに料理を用意していた。

あれはおそらく、初葉の母親だろう。カウンター席のお客さんとは何かやりとりをしているけれど、料理で手一杯なのか、店内に気を回す余裕まではなさそうだった。配膳や注文取りといった部分は、全て初葉が一人でまかなっているのだろう。

「あ、ごめんなさい！　少々お待ちくださーい！　ごめんお母さん！　アタシちょっと裏行ってくる！　すぐ戻るから！」

カウンターの向こうに声を掛けると、初葉は圭太の腕を摑んで店の奥へ。

連れてこられたのは店の裏手。建物と建物の間にある狭い路地だ。

「……ごめんお兄ちゃ――真島。いまちょっとお店忙しくて……用事あるなら、後で聞くから……」

「だから来たんだよ」

言うだけ言って店に戻ろうとする初葉の手を、そっと摑む。

「俺にも手伝わせてくれ。あんなにお客さんいたら、一人じゃ無理だろ」

「え⁉　い、いいよそんなの！」

「良くない」

初葉の手を軽く引っ張って、体ごとこちらを向かせる。

戸惑ったような瞳を、圭太は真っ直ぐに見つめた。初葉は気まずそうに、目を泳がせる。

「や、やだな～。真島ってば、大袈裟なんだって。あのくらい、一人でも平気だから……」

「そんなこと言って、さっき俺が店に入った時、『これ以上無理！』って顔してただろ」

「え!? ア、アタシ、そんな顔に出てた!?」

確かめるように、初葉が自分の頰を触る。

「まあ……俺も、ちょっと前だったらわからなかったかもしれないけど」

でも、今は違う。

『レンタルお兄ちゃん』のバイトを通じて、圭太は、教室では知らなかった初葉の顔をいくつも見た。いつでも余裕たっぷりに人をからかってばかりいる彼女が、実は人見知りしがちで、恥ずかしがり屋なことを知った。

だから、わかるのだ。一見平気そうに見える笑顔の裏に、隠れているものが。

だって——。

「俺は、お前のお兄ちゃんなんだ。妹が困ってたら、顔見ればわかる」

初葉が、「え……」と小さな声を漏らした。

「え……？　な、何言ってんの真島。そ、そんなん、バイトの話じゃん？　もー。時間外まで『妹』のこと考えてるとか、責任感強すぎ——」

「違う。バイトだから、仕方なくこんなこと言ってるんじゃない」

『何言ってるんだろう』と思われたかもしれない。

それはそうだろう。だって、自分達は本当は兄妹でもなんでもない、ただのクラスメイトだ。こんな風に、初葉の家の事情に首を突っ込むなんて、普通ならしない。

だけど……考えてみれば、自分達はとっくに『普通』なんかじゃなかった。

下着姿で添い寝して。腕を組んで街を歩いて。一緒にお風呂に入りさえした。そんなこと、クラスメイト相手にしたりしない。


確かに、本当の兄妹ではないかもしれない。


けれどもう、『ただのクラスメイト』でもないのだ。

少なくとも圭太にとってはもう、初葉は『ただのクラスメイト』なんかじゃない。

バイトの上のことでも、『お兄ちゃん』と呼んでもらった。頼られて、甘えられて。

……この子のために何かしてあげたいと、そう思った。

圭太は、なりたいのだ。

バイトとか、本当はクラスメイトだからとか、そんなこととは関係なく。

初葉にとっての——頼れる、『お兄ちゃん』に。

「やっぱり、俺なんかお兄ちゃんじゃないって……余計なお節介(せっかい)なんかされたくないって、初葉が思ってるなら、大人しく帰る。もう二度と出しゃばった真似(まね)はしない。だけど、もしちょっとでも、俺のこと、頼ってくれる気持ちがあるなら！　いつもみたいに、俺に甘えてくれよ、初葉！」

ぎゅっとその手を握(にぎ)りながら、圭太は初葉の言葉を待った。

迷うように、初葉が唇(くちびる)を震(ふる)わせる。

そのときだ。

「――初葉。ここまで言ってくれてるんだもの、お願いしましょう。私も、そうしてもらったほうが助かるわ」

「え⁉　お、お母さん……⁉」


やってきたのは、初葉の母親だった。

彼女は困った顔をする娘に目配せし、続いて圭太に視線を向ける。

「初めまして。あなたが、真島圭太くんね？」

「は、はい。……えっと、でも、どうして俺の名前……」

「だって、初葉がいつも家で話してたもの。お兄ちゃんができたって」

「え？」

「きゃー‼　ちょっと、やだ‼　やめてよお母さん‼」

顔を真っ赤にして、初葉が圭太と母の間に割って入る。

「あら、照れることないじゃない。昨日だって、『お兄ちゃんがホントにお兄ちゃんだったらなー』って言ってたのに。そうしたら、お店も手伝ってもらえるのにって」

『え？』と、圭太は初葉の顔を見た。初葉はますます顔を赤くし、逃げるように顔を伏せる。

――やがて。

「……いいの？」

ぽつりと、小さな声が零れた。

「本当に……甘えちゃっても、いいの？　わがまま言って……アタシのこと、嫌になったり、しない……？　アタシから離れて……どっかに行っちゃったり、しない？」

「するわけないだろ。俺は、お前のお兄ちゃんなんだ。お兄ちゃんは、妹を悲しませたりしない。何があっても、初葉のそばにいる。ずっとだ」

呟く初葉の声は今にも泣いてしまいそうで、安心させてやりたくて、圭太は力強く頷く。

それを聞いて、初葉は。

「……うん！　ありがとう、お兄ちゃん！」

顔を上げた妹が見せてくれたのは、弾けんばかりの、眩い笑顔だった。

初葉と共に店に戻ると、早速、店内のあちこちから声が掛かった。

「じゃあ、お兄ちゃん、アタシ料理運ぶから、お兄ちゃんは注文聞いて――」

「いや。料理は俺が運ぶから、お前はレジのほう頼む。初葉のほうが計算早いし、そのほうがいいだろ」

見れば、レジ横にも既に数人の列ができている。あちらも待たせるわけにはいかないだろう。

「あ、そうだよね！　じゃあお願いお兄ちゃん！　オーダーはこれに書いてあるから！　あと注文取るときはこのメモ使って！　でも料理できてるときは運ぶほう優先ね！　わかんないことあったら言って！」

「お、おう！」

押し付けられたメモをポケットにねじ込みつつ、足早に奥のテーブルへ向かう。

「お待たせしましたー！　ビールと唐揚げ、ご注文のお客様ー！」

接客なんて、今までに一度も経験したことがない。

それでも、どうにかそれらしい対応ができたのは、『レンタルお兄ちゃん』の空き時間に、玲に似たようなことをやらされたからだった。

『これも研修だ』と言われたときは「ホストクラブかよ……」と思ったものだが、まさか、こんなところで役に立つなんて思わなかった。

「何だい、兄ちゃんバイトの人？」

「ええと、はい……臨時で」

「ああ。親父(おやじ)さん入院したっていうからね。女将(おかみ)さんも初葉ちゃんも大変そうだし、今日は帰ろうかなんて話してたんだよ」

どうやら、お客さんはこの店の常連らしい。訳知り顔で、うんうんと頷く。

「でも、男手があるなら良かった良かった。……ところで兄ちゃん。初葉ちゃんと仲いいみたいだけど、あれかい？　彼氏かい？」

「いえ。お兄ちゃんです」

「は？」

「すいませーん。店員さん、注文お願いしまーす」

「はーい、ただいまー！」

ぽかんとするお客さんに背を向け、圭太は急いで呼ばれたテーブルへ。

「あ、真島！　これ使って！」

移動する途中、初葉に呼び止められた。押し付けるようにして渡されたのは、使い古した前掛け。

「制服、そのまんまだと汚れちゃうでしょ？　これ使って。あとこれ、注文用のメモ」

「悪い、助かる。……でも、借りちゃっていいのか？」

「へーキへーキ。お父さんのだから、今は誰も使わないし」

「えっ」

それは果たして平気なのだろうか。なんか、後からお父さんに知られたらあらぬ誤解を受けそうな気がするのだが。

「すーいませーん！」

「あ、はーい！　お兄ちゃん、向こうのテーブルお願い！」

「わ、わかった！」

お客さんに呼ばれ、考えている時ではないと思い直す。

小さな居酒屋にもかかわらず、初葉のお店は盛況で、その後も客足が途切れることはなかった。

必然的に、圭太も接客や片付けに追われ、他のことを考えている余裕も次第になくなり。

「お兄ちゃん、ハムカツできた！　これ向こうのテーブル！」

「わかった！　あと黒ビール追加で！」

だから。そんな風に、息を合わせて店を回す自分達を見て、お客さんの一人がこんなことを言っていたなんて、圭太は知りもしなかった。

「へー。仲のいい兄妹だねぇ。あんな息子さんがいるなら、女将さんも安心でしょ」

「ええ、本当。ねえ、初葉？」

「ちょっ……！　お、お母さん！」

「初葉悪い！　もっかいレジ頼む！」

「え!?　あ、ま、待って！　今行くから！」

◆◆◆

「よい、せっと……」

閉店後。空のビール瓶が入ったケースを抱えて、圭太は店の裏に出る。

時刻はまだ九時前で、居酒屋が閉まるには少し早い時間だ。実際、付近の飲み屋はどこも営業している。

初葉によれば、いつもはもっと遅くまでやっているらしいのだが、今は人手が足りないのもあって、少し早くに店を閉めているらしい。

店の裏手。指示された場所にケースを置いて、「ふぃー……」と一息。

（い、意外と重労働なんだな、居酒屋って……）

やっていたときは夢中で気付かなかったが、こうして終わってみると、自分が思いのほか疲れていることを自覚する。腕なんか、ずっとビール瓶やらジョッキやら運んでいたから、もうパンパンだ。

けれど……そんな重労働を、初葉はほとんど一人でこなしていたわけで。

自分が手伝ったことで、少しは負担を軽くしてあげられたのならいいが。

そんなことを考えながらぼーっとしていたら、すぐ横のドアが不意に開いた。

「あ……」

現れた初葉の顔を見て、圭太は思わず、背筋を伸ばす。店にいた間は忙しさで忘れていた、気恥ずかしさやらなんやらが急に蘇ってきた。

「え、えっと……その、お疲れ」

「う、うん。お兄ちゃ――真島こそ」

あわわ、と口を押さえながら、初葉。

『失敗した』と言うようなその顔を見て、圭太は気が付けば笑っていた。

「いいよ。お兄ちゃんで」

「え……でも、バイトのとき以外呼ぶなって……」

「世の中には『義妹』ってのもあるんだし。別に、ホントの兄妹じゃなくたって、『お兄ちゃん』って呼んじゃいけないなんてことないだろ。……少なくとも俺は、お前のこと、妹みたいなもんだって、思ってるから」

「え……!?」

ぴょこん、と、初葉の体が小さく跳ねる。

「いや、もちろん、片瀬が嫌じゃなければだけどさ……」

「い、嫌じゃない！　嫌なわけないよ！　だってアタシ、ずっとお兄ちゃんのこと――」

ぎゅっ、と、初葉が圭太の腕を掴んできた。

勢い余ったその体が、もたれかかるようにしがみついてくる。

「お兄ちゃん……」

すぐ間近に、初葉の顔があった。必死に何かを訴えかけるような、切ない眼差し。

「お兄ちゃん、アタシ……やっぱりやだ」

「え？」

「『妹みたいなもの』じゃ、やだよ……。だってアタシ、ずっと、お兄ちゃんと『そう』なりたくて、今まで、頑張(がんば)ってたんだもん……」

どくん、と、心臓が跳ねる。

「お兄ちゃん……アタシ、お兄ちゃんにお願いがあるの」
「な、なんだ……？」
「アタシを、ね？　お兄ちゃんの、ね……」

何かを、必死に言葉にしようとして、初葉が何度も、口を開いては閉じるを繰(く)り返す。

その表情は、妹というよりも、まるで……。

「アタシを――お兄ちゃんの、『妹』にしてほしいの！　〝みたい〟じゃなくて、ホントの、お兄ちゃんの一番の妹に、アタシ、なりたい!!」
「あ……な、なんだ。そういうことね……」

「え？　何？　そういうって、どういう……？」

「いや、こっちの話」

「……？」

初葉が不思議そうに、パチパチと目を瞬かせる。

首を捻る仕草は、まるっきり子供のようだった。自分と同い年、クラスメイトの女子だとはとても思えない。

だから……圭太はごく自然に手を伸ばして、その頭を撫でてやった。

「え……？　お兄ちゃん……？」

「そんなお願いなんてしなくても。初葉はもう、俺の大事な妹だよ」

「ほ、ホント？　ホントに、ホント？」

「ホントだって。そうじゃなきゃ、こうやって駆けつけてきたりしないよ」

「じゃ、じゃあ……」

頭を撫でる手ごしに、初葉が圭太の顔を見上げてきた。ほんのり頬を赤くしながら、ねだるような上目遣いがこちらを見る。

「……って、言って？」

「え？　なんだって？」

「い、妹だって、言うならさ？　お兄ちゃんにも、アタシのこと……好きって、言って、ほしい……」

「は!?　い、いや……それはさすがに……」

「……だめ？」

甘えるように、きゅっと、初葉が圭太の服を摑む……彼女がよく、する仕草。

もしかしたら、これは演技なのかもしれない。真に受けた途端、笑われて、からかわれて、また恥ずかしい思いをするのかもしれない。


――だけど。


「……いや。だめなんかじゃない」

それでもいいと思った。だって自分は、彼女の『お兄ちゃん』になると決めたから。

「俺は、妹のことが好きだよ。大好きだ」

たとえからかわれて、馬鹿を見るだけなのだとしても。妹が笑顔になってくれるなら、それだけで、十分だ。

「……おい。初葉？　聞いてるのか？」

「ひゃっ……!?　う、うん！　聞いてる！　聞こえた！　だいじょぶ！」

軽く顔を覗き込むと、初葉は『ぴょん！』と飛び上がった。そのまま、慌てたように一歩後ずさりする。

「な、なんだよ。お前が言えって言ったんだろ」

「そ、そうなんだけど！　い、いざ言われたらなんか、ドキドキしちゃって……！」

胸の辺りを押さえ、初葉は大きく深呼吸。

そんなリアクションをされるとこっちまで恥ずかしい……なんて思っていたら。

「………ね、ねえ、お兄ちゃん？　さっきの、もっかい、言って？」

「はあ!?」

「お願いお願い！　あと一回だけ！　一回だけでいいから！」

さっきあんなに恥ずかしがっていたくせに……というか、今だって顔が赤いくせに、初葉はずいずいと、圭太に詰め寄ってくる。

「お願い、お兄ちゃん」

ダメ押しのように、囁かれる言葉。

それを言われてしまったら、『お兄ちゃん』に選択の余地などない。

「わ、わかったよ！　俺は初葉のことが好きだ！　大好きだよ！　こ、これで満足だろ、もう!?」

半ば自棄になりながら、そう叫んだ矢先。

こちらを見つめる初葉の顔が綻び……やがて、それは輝くような笑みに変わる。

「……うん！　お兄ちゃん、大好き!!」

（え……？）

今度は、圭太のほうが驚いた。

『お兄ちゃん、大好き!!』

遠い昔、今と全く同じ言葉を、聞かせてもらったような気がしたから。

そのときの声を、顔を、圭太は思い出そうとした。

だが、その前に。

「初葉？　いつまで外にいるの？　真島くんを呼んで来てって言ったのに」

「あ、お母さん」

ドアから顔を覗かせたのは、この店の女将さんでもある初葉の母。

圭太と目が合うと、彼女はふわりと懐っこい笑みを浮かべる。

「改めて、ご挨拶させてもらうわね？　初葉の母です。真島くん、今日は本当にありがとう。あなたが来てくれて助かったわ」

「い、いえ……俺のほうこそ、いきなり押しかけちゃって」

「あら、謙遜なんてしなくていいのよ。本当にありがたかったんだから。ねえ、初葉？」

「ア、アタシに振らないでよ！」

赤くなって抗議する娘を前に、お母さんはひたすらニコニコしている。話題が話題だけに、圭太は話にも加われず、ちょっとそわそわ。

「それより、ずっと動きっぱなしで、お腹空いたでしょ？　もし良かったら、夕食を用意するから食べて帰って？　まかないで申し訳ないけど」

「でも、そこまでしてもらうわけには……」

「食べて行ってよ。お母さんのまかないご飯、すんごく美味しいんだから！　普通の料理は、お父さんのが上手だけど」

「こら、初葉。一言多いわよ」

「ええと……じゃあ、すみません。お言葉に甘えさせてもらいます」

「ええ、甘えられます。それじゃ初葉、お皿の用意、手伝って」

「はーい」

中へ戻る初葉に続き、圭太も店内へ。

――と。

「……本当、大きくなったわね」

「え？」

圭太達のほうを見つめて、初葉のお母さんが不意にそんなことを呟いた。

「えっと……今のって」

「ごめんなさい。なんでもないのよ。……さ、座って座って」

その後は店のカウンター席に通され、圭太は女将さんのまかないをご馳走になった。

初葉の言ったとおり、ご飯は本当に美味しくて。最初は遠慮していた圭太もついつい箸が進み、勧められるままにお代わりまでしてしまった。

その間、初葉のお母さんは、圭太と初葉のことを妙に優しい目で見つめていたが……その理由がなんなのか、結局、圭太には最後までわからないままだった。

幕間　～ある妹の回想～

『——お兄ちゃんなんて、大っ嫌い!!』

それは、彼女が今でも忘れられずにいる、苦い記憶——。

子供の頃、彼女には、とても仲の良かった男の子がいた。
何がきっかけで出会ったのかは、もう覚えていない。学校が同じなわけでも、家が近所だったわけでもない、だけど毎日のように遊んでいた相手。

彼女はその男の子のことを『お兄ちゃん』と呼んで、とても懐いていた。
どこに行くにも、何をするにも、いつも一緒。それこそ、本当の兄妹のように。

だけど、別れの日は唐突に、そしてあっさりと訪れる。

『お兄ちゃん』が、遠くの街に引っ越すことになったのだ。

行かないでほしかった。ずっとそばにいてほしかった。

だって、大好きだったから。

だけど、いつもはどんなお願いだって聞いてくれていた『お兄ちゃん』が、その時ばかりは、彼女の頼みを聞いてくれない。ただ、悲しそうな、困ったような顔で、黙っているだけ。

それが悲しくて、悲しくて、悲しくて。

だから、子供だった彼女は、つい口にしてしまった。心にもない、ひどい言葉を。

『お兄ちゃんなんて、大っ嫌い!!』

だから、彼女は彼に言い出せない。

自分が、あのときの『妹』だと。

エピローグ

「失礼しまーす」

「おや？　久しぶりだな、真島くん。今日は、片瀬さんのお店の手伝いはしなくていいのか？」

「ええ。今日は定休日らしいので。片瀬も、親父（おやじ）さんのお見舞（みま）い行ったら、こっちに来るって言ってました」


圭太が初葉の店を手伝うようになってから数日後。

居酒屋が定休日の今日、圭太は久しぶりに、ＳＧＯ開発研究部門のあるビルを訪れていた。すなわち『レンタルお兄ちゃん』の店舗（てんぽ）である。

「そうか。惜（お）しいことをしたな。さっきまで早川さんがいらしていたんだ。真島くん達が来るとわかっていたら引き留めておいたんだが」

「勘弁（かんべん）してくださいよ……」

「モテるお兄ちゃんは大変だな、真島くん」

楽しそうに笑いながら、玲が、ぽん、と肩を叩いてくる。

今までだったら、圭太はただげんなりするだけだっただろうが。

「まあ……頑張ります。お兄ちゃんなので、俺」

「ふふ。そう来なければな。……ところで」

面白がる笑みから一転。珍しく真面目な顔で、玲がこちらを見てきた。

「どうかな？『理想の妹』の進捗のほどは？」

言われて、そういえば、と思い出す。

以前に玲から見せてもらった、新規妹のデザイン案。彼女のキャラクターを考え、命を吹き込むことが、圭太がこうしてレンタルお兄ちゃんのバイトに任命されている理由だ。

……なんだかいろいろありすぎてすっかり忘れていたけど。

「……まさか真島くん。忙しすぎて考えるのを忘れていたなんてことは……」

「いやそんなわけないじゃないですか!!　ちょうどね、アイデアがあったんですよ!!」

「ほう！　それは興味があるな。一体どんな画期的なアイデアを発見したんだ？」

期待に満ちた目を向けてくる玲から、さりげなく視線を逸らす。

（やべえ忘れてたやばいどうしよう考えろなんか出せやればできる頑張れ俺）

……しかし。実のところ、考え込む必要なんてないのだ。


圭太がいま一番、可愛いと思う、『理想の妹』。

そんなのは、決まっているのだから。


だったらあとは、自分が思う彼女の『可愛さ』を、そのまま答えればいいだけだ。


「……『ギャップ萌え』です」

「ふむ、なるほど。確かにそれはキャラクターの魅力の一つではあるが……しかし、些か普通すぎないだろうか」

「そんなことありませんよ。妹だから、兄だからこそ知ることのできる普段とのギャップ。それって、『妹』ならではの魅力じゃないですか？」


たとえば学校では人気者のギャルが、お兄ちゃんの前では、テンパりやすくて甘えん坊な妹だったり、というような。

「……なるほど。確かに、その通りかもしれないな」

　フッと、玲が笑みを浮かべた。

「では真島くん。その『ギャップ萌え』をテーマに、台詞のサンプルを一通り作ってみてくれ。出来が良ければ、次の会議に出すことも検討しよう」

「え!?　じゃあ——」

　圭太が何か言う前に、玲は「本社に戻る」と言って部屋を出て行ってしまった。

　これは……もしかしたら本当に、圭太のアイデアが採用される日が来るのだろうか。自分の考えた『理想の妹』が、次に実装されるキャラクターになる。

　そんな夢みたいなことが、本当に……？

「こんにちはー！　……ってあれ？　真島だけなの？　野中さんは？」

　呆けている間に、店のドアが開いた。入ってきた初葉が、室内を見回して首を傾げる。

「主任なら、仕事に戻るってさっき出てったよ。すれ違わなかったか？」

「ううん」

ふるふる、と首を振ってから、初葉は急にもじもじし始める。

「そっか……じゃあ今日は、二人きりなんだね」

「ま、まあ、そうだな」

頷きつつ、『ゴホン！』と咳払いを一つ。

勘違いしてはいけない。初葉が自分に懐いてくれているのはあくまで『妹』として。自分が初葉を可愛いと思うのも、あくまで『兄』としてだ。

……とはいえ、こんな嬉しそうな顔で『二人きり』とか言われてしまうと、やっぱりちょっとはドキドキしてしまうのだけども。

「お兄ちゃん？　どしたの？　なんだかぼーっとしてるけど……やっぱりお店の手伝いで、疲れてるとか？」

「いや、そういうわけじゃないって。大丈夫だからさ」

不安げな初葉の頭に、ぽんと手を置く。よしよしと撫でると、初葉は嬉しそうに目を細めた。

今度こそ、立派なお兄ちゃんになってみせると決めた。

だったら、妹に頼られて、甘えられて、困った顔なんてできるわけない。

「本当……？　じゃあ、今日も、『お兄ちゃん』に一杯甘えていい？」

「ああ。当たり前だろ。なんでもお願い聞いてやるから、言ってみろって」

「――うん!!」


真島圭太。趣味ソシャゲ。好きなもの、妹。

職業は、学生兼――『お兄ちゃん』。

SR

名前：片瀬初葉

兄への呼び方：お兄ちゃん

好きなスキンシップ：抱っこ、頭撫で、添い寝

感想（※プライバシーは守ります！）：最初はヘンなバイトして大丈夫かな？と思ってたけど、こんなに自分を隠さずにお兄ちゃんに甘えて、可愛がってもらえて最高のサービスです！

でも、お兄ちゃん遠慮してるのかな？　もっとスゴいこと求められても……アタシ、頑張るけど……

「恋人関係」よりも愛してもらえるように、これからもドンドン通います！

主任コメント

普段しっかりしている分、誰かに甘えたい願望を爆発させるギャップが素晴らしい。兄……というか真島くんに好かれるためなら、これからもなんでもやるだろうな。真島くんの「妹」として、SGO 参考ヒロインに採用。

あとがき

読者の皆様（みなさま）、初めまして！　そして前シリーズから読んでくださっている方はお久しぶりです。滝沢慧（たきざわけい）と申します。

このたびは、『好きすぎるから彼女以上の、妹として愛してください。』をお手にとってくださり、誠（まこと）にありがとうございました。

というわけで、新シリーズです！

タイトルからもおわかりの通り、本作は『妹』、ひいては『兄妹（きょうだい）』をテーマにしたラブコメとなっております。

とはいえ、主人公とヒロインは本当の兄妹というわけではありません。

ひょんなことから『レンタルお兄ちゃん』のバイトを始めることになった主人公が、ヒロイン達を相手に兄妹契約（けいやく）を結ぶというあらすじ。

ヒロイン達はみんなそれぞれが主人公にベタ惚れで、『兄妹だからいかがわしくないよね！』を合い言葉に、お兄ちゃんである主人公とあの手この手でいちゃつこうとしてきます。添い寝したり、抱っこしたり、果ては一緒にお風呂に入ったりするけど、兄妹だから大丈夫!?　なラブコメです。

妹ヒロイン、いいですよね。デフォルトで一緒に暮らしてるとかデフォでスキンシップ過多とかヒロイン的においしいところは数あれど、やはり一番の魅力は、『何があっても妹は妹』というところかと。

恋人はフラれる危険性を常に孕んでいますが、兄妹の縁は切れません。だから彼女達は兄である主人公に身も心も委ねてくれますし、情けないところかっこ悪いところを見せても「全くお兄ちゃんはしょうがないんだから」とか言って許してくれるわけです。この辺りの魅力は、前作の萌香にも通じるところがあるんではないかと思っていたり。

とはいえ、本作のヒロイン達と主人公は実際には『兄妹』ではないので、そこはそれ、本当の兄妹のようにはいかないこともあるわけで。

果たして『妹』とは、そして『お兄ちゃん』とは？　妹好きの主人公とヒロイン達のラブコメの行く末を、お楽しみいただければ幸いです。

以下、謝辞となります。

担当のTさん。お忙しい中、構想段階から何度も相談に乗ってくださり、本当にありがとうございました。執筆途中、筆が止まることもありましたが、そのたびに、Tさんのお言葉に励まされました。今後とも、よろしくお願い致します！

イラストの平つくね先生。このたびは本作のイラストをお引き受けくださいまして、誠にありがとうございました！　平先生のお名前は以前から存じ上げていましたので、担当さんからお話を聞いたときは本当に嬉しかったです。いただいたキャラデザや表紙イラストも素晴らしいの一言で、特に初葉が最高に妹可愛いです！　今後とも、どうぞよろしくお願い致します！

他にも、校正の方、営業や広報担当の方、この本の出版に際し、お力添えをいただいた全ての方に、心から感謝を申し上げます。

そして何よりも、この本を読んでくださった読者の皆様！　本当に、どうもありがとうございます。

少しでも楽しんでいただけたなら、こんなに幸せなことはありません。

どうかこのシリーズでも、末永くお付き合いできることを願って。

それでは、また二巻でお会いしましょう！

ここまで読んでくださって、どうもありがとうございました！

二〇一九年六月某日(ぼうじつ)　滝沢慧

お便りはこちらまで

〒一〇二―八〇七八
ファンタジア文庫編集部気付
滝沢　慧（様）宛
平つくね（様）宛

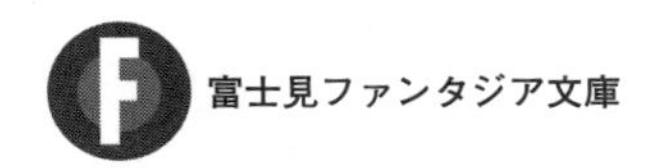

好きすぎるから彼女以上の、妹として愛してください。

令和元年７月20日　初版発行

著者――滝沢　慧

発行者――三坂泰二

発　行――株式会社KADOKAWA
〒102-8177
東京都千代田区富士見2-13-3
0570-002-301（ナビダイヤル）

印刷所――暁印刷

製本所――BBC

ISBN978-4-04-073212-1 C0193

非オタの彼女が俺の持ってるエロゲに興味津々なんだが……

HIOTA no kanojo ga ore no motteru EROGE ni kyômi shinshin nandaga……

著者：滝沢慧 TAKIZAWA KEI
イラスト：睦茸 MUTSUTAKE

Odagiri Kazuma
小田桐一真

エロゲ好きな高校生。
萌香の「頑張り」に
戸惑うばかりで……

あらすじ

エロゲ好きで隠れオタな高校生・小田桐一真は、ある日、学校一の成績優秀・品行方正、エロゲなんて全く知らない非オタな優等生の水崎萌香から……

「私をあなたの——カノジョ（奴隷）にしてほしいの」

告白されて付き合うことに!?
一真の理想のヒロインになるため、一緒にエロゲをプレイして、どんどん影響を受ける萌香。
これ、なんてエロゲ!?

っていく!?

ファンタジア文庫
1~11巻 &
短編集「萌香の初体験ルート」
好評発売中!

「じらせゲーマーたちによる
すれ違い錯綜青春ラブコメ!
ズ!
s
みない?」
ファンタジア文庫

にしなこころ
二科心
隠れオタクのギャル。
理想のオタク彼氏は
オタク女子に対して
理解が深い細身の
黒髪男子
いちがやかげとら
一ヶ谷景虎
生粋のオタク高校生。
理想のオタク彼女は
美少女系コンテンツが
好きな黒髪清楚美少女
同棲はじめました
オタク彼女を
作るため

第33回